岩 波 文 庫

31-221-2

破　れ　た　繭

耳の物語 1

開 高　健 作

岩 波 書 店

目次

破れた繭《まゆ》　耳の物語 1

最高の書物とは、読者にわかりきっていることを語ったものだと、彼は悟ったのである。

G・オーウェル『一九八四年』

住む人もない廃屋があって、衣裳箪笥がある。それにはカビの匂いがつまり、埃りがつもって黒くなっている。そういう衣裳箪笥をあけてみると、ときどき古い香水瓶が見つかったりするものである。栓をとると残香がたちのぼってくる。それにふれた瞬間、昔の思出がよみがえる。魂がいきいきとよみがえり、迸《ほとばし》りでると、ボードレールは書いている。無数の蛹《さなぎ》のように闇のなかでふるえながら眠っていた記憶が、瞬間、紺碧《こんぺき》に、薔薇色に、金色に輝やいて、眩暈のようにもどってくるというのである。

マドレェヌ、またはプティット・マドレェヌというのは近年のわが国のちょっとした洋菓子店ならどこにでも見かけられる。ホタテ貝型のギザギザをつけた、ふっくらとした菓子パンで、歯あたりは軽く、さくさくと舌の上で崩れる。とりたててどうということもない、他愛ないお菓子であるが、異才の舌を通過すると一変する。この一片をお茶（菩提樹の花の薬湯）に浸し、スプーンで一匙すくって口にはこんだ瞬間、異常な身震いが全身を走ったと、プルーストは記している。それまで潜在していたものが、夥しい過去が一瞬によみがえり、力強い歓びが全身を占めたそうである。それは〝人生の有為転変に無関心になり、人生の災厄に平然となり、人生のはかなさを迷妄と悟らしめる〟ほどのものであったと書いている。しかし、その強烈は最初の一口だけであって、つぎの一口、そのまたつぎの一口にはすでに何もなかった、とも書いている。

一人は昔の香水瓶から過去をとりだした。もう一人はお茶碗からとりだした。ほかに、酒瓶からとりだしたのもいるし、タバコからとりだしたのもいる。阿片からとりだしたのもいる。何もかも、あらゆる文体と発想で描きつくされてしまい、後世になればなるだけ小説家は身動きできなくなる。考えあぐねて月と年をかさねるうちに、やっと、耳だけはのこされているのではあるまいかと思いあたり、耳から過去をとりだしてみようと思いたった。洗い忘れやすい、垢《あか》のつまった一つの耳から一つの半生をこれからとりだしてみようと思う。人生の有為転変に無関心になれるほどのものに全身を占められることになるか。それともやっぱり闇のなかでふるえながら眠りこける蛹のままで終ってしまうか。性器の記憶をたよりにして一人の男の半生なり一生なりを述べる作品があるのなら、耳についてのそれがあっていけない理由は何もないと、思われる。

＊＊

一つの光景がある。

いつごろ、どこから、どうやってしのびこんできたものか、まさぐりようがない。それは、はにかみやすく、気まぐれで、敏感であり、意識や、言葉や、事件の背後にかくれている。呼べば出てくる、見ようと思えば見える光景ではなく、いつも登場するときは自身から時と場所と状況を選んでであり、呼ばれたときや、選ばれたときではない。ひっそりした一人寝の寝ざめのときにあらわれることが多いけれど、酒場でどんちゃん騒ぎをしているさなかにあらわれることもあった。憂鬱にひしがれて猫背になって白昼の映画館へ入っていくそのガラス・ドアのところで出現したこともあるし、女の腹の上で汗まみれになっているときに出現したこともよくある。横顔だけ見せて消えたこともあれば、いつまでも正面にしぶとく謎めいて漂いつづけたこともある。パリのタバコ屋の店さきであらわれたことがあるし、ペルーの海岸砂漠の白暑のなかであらわれたことだってある。

それが消えたあとで、うつらうつらと後味を聞きながら、もうつきあいだしてから何年になるのだろうかと考えてみる。よくそう考えて、指を折って数える気になるのだけれど、いつもわからなくなる。三十年になるのか。四十年になるのか。掌の筋に気がつくようになってから以後なのか。それよりもっと以前から出逢っていたものなのか。今感じているよりはもっと以後になってから遭遇するようになったのか。後味がいつもあまりにもほのぼのしているものだから、それにまぎれて何もわからなくなり、しぶとく食いさがって後追いする気も起らなくなる。来るものは来るままに、去るものは去るままにということになり、そのことから焦躁も起らなければ、逡巡も起ることがない。いつ、どこで、どういう条件で出現するかわからないということでは、昔はずいぶんコレクションがあった。たとえば酒に酔って大声で棺桶の唄を歌いながら夜の海岸へおりていく海賊たちとか。木の蔓をつかんでジャングルの枝から枝へ飛んでいく裸の若者の肩さきの輝きとか。生きているほかの虫の体内に産みつけられてそのあたたかい、香りのいい、汁気のたっぷりある肉を寝ころんだまま食べつづけるハチの幼虫とか。おびただしい光景のコレクションがあって、呼べばきっと見えてくるものだから、つらいことがあっても、なくても、きっと呼び出しをかけて逢っては別れ、別れては逢いしていたものだった。しかし、歳月のたつうちに、それらは、一つ、二つと、いつともなく、ほかの夥しいものといっしょに、どこかへ消えてしまった。しぶい痛みも感じさせず、甘い酸っぱさも感じさせずに消えていった。一つ一つ、あれほど忘我にさせてくれたものを、消滅したと知覚させせられることもなく、失いつづけてきた。体が重くなったのか。軽くなったのか。それすらまさぐれないでいる。ときどきぴくりとふるえたり、愕然として自失することはあるのだけれど、骨にきざみこまれることがない。ときには渚に立つ足の下から砂が流失していくような甘美をおぼえることすらある。

いつ消滅するか知れず、二度と還ってくることはあるまいと濃く予感するのだが、玩具箱をひっくりかえしたような昔のコレクションのなかで、何もかも奪われてしまったのに、その一つの光景だけは何とか喘ぎ喘ぎも生きのびているようである。それは酔っぱらいの海賊や、うっとりしたハチの幼虫などといっしょにかつては共棲していて、登場するために先を争っていたものだった。海賊や幼虫はその光景とひしめきあいつつ、愉しげに、はげしく前後を争って登場し、明滅して、なぐさめてくれ、無言のうちに交歓しあい、小さな埃りまみれの窓ぎわの万年床に寝そべったままで拈華微笑《ねんげみしょう》しあえたものだった。しかし、海賊も消え、ハチの幼虫も消えてしまった現在、そうだとすっかりわかってしまったので、昔は選ばれるのを待つだけだったのに、今では何とかして任意のボタンを選ぶようにして呼出す方法はないものかと考えることがある。その心のあせりの一日か二日後に光景があらわれると、愉しさのあまり、ついに自身を制覇できることになったかと、とんでもない自惚れをおぼえることがある。しかし、いくらあせってはげんでも何日たっても出遭えないということが連続するので、この自惚れもまた、泡のように消えてしまった。とどのつまり、少年時代前半、少年時代後半、青年時代全期、成年時代全期を通じてのように、いつとも知れずやってくるのを待っているしかないと、悟ることとなった。二十年も三十年も昔のままに自然体でいるしかないのである。五十一歳になっても。

生《き》でする50度のウォトカのせいで前置きがいささか長くなりすぎたようである。そろそろお鍋を熱くしなければならない。それは他の大半の私的な体験とおなじように言葉や文字で説明してみると、バカバカしさに作者がまっさきにペンを投げてしまいたくなるようなものである。その、いわくありげな、〝一つの光景〟とは、夕焼空の下の、ある都市の、下町である。長屋や、商店や、寺や、小さなビルのひしめきあう、繁華な下町の夕景色である。大きな通りがなだらかな坂道になっていて、町はその通りの両側に華麗なカビの大群として栄えている。心象の不思議のひとつは事物をつぶさに目撃しないのにあたかもひとつひとつ肉眼で見ているかのような感触を直下《じきげ》に味わえるところにある。その夕景色の下町は黄昏時という一日でもっとも活力にあふれる時間にあるのだから、おびただしい数の燈火、炊煙、人の声、人の姿、荷車、自転車、自動車などにみたされているはずなのに、そしてまさにそうだとありありと感知できるのに、眼をすえて見なおそうとすると、何もさだかには弁別できない。長屋の低い軒の下ではおかみさんたちが七輪に炭火を入れて金網をのせてサンマを焼いていると見え、その脂っぽい煙りが歓声となってたちのぼっていると見えるのに、さて凝視しようとなると見えなくなる。きれいに水をうたれて洗われたお寺の門前にはささやかな白木の柵がおいてあり、濡れ濡れした御影石の白と黒の小粒のゴマ斑《ふ》がまざまざと見え、門内の植えこみにはツツジかボタンかサザンカの赤い花のたわわもほの見える。路地裏で少女たちの甲ン高く澄んだ叫声がし、下駄の鳴る音、ネズミ花火のはねる音がする。それはまさしく夏の景物であるのに、空ではウィイイインン、ウィイイインンと大凧の精悍な唸りがひびいていて、真冬としかいいようがないのである。一日の労苦から解放された男の帰宅を歓迎する妻と子供たちの口ぐちの叫声が、一軒、一軒の家の軒から香煙のように花火のようにはじけているのに、そのいきいきと充実しきった輝きと声々はつぶさに感知できるのに、人の姿がまったく目撃できない。空と、灯と、道と、家に、まぎれもない下町の、あけすけであらわな叫びと笑いがみちみちているのに、人の姿はまったく見ることができないのである。冬の大凧の唸りのふるえる初夏の大阪の下町。しかも歓声にわきたつ無人の町である。

ゆったりとした大通りの坂道の頂上からこの光景を見おろしている。ひとりではなくて、誰かに手をひかれている感触がある。その誰かの腰までもないという感触もある。誰かは母かも知れず、女中かも知れないが、もっとしばしば若かった叔母ではないかという感触が濃い。和服を着せられて夕方の散歩に出て、若い叔母に手をひかれ、その叔母はまだ女学生で、セーラー服を着ていたと、一片、感知できることもある。それはちらと見えて、ちらと消えてしまう。女学生の叔母は姉の息子、つまり甥の、よちよち歩きの病弱な、内向一途《いちず》のはにかみ屋の、眉だけ長くて黒い、草の芽のような甥の手をひいて夕方の散歩に出かけ、途中で友人と出逢って長話にふけったのかもしれない。甥は生まれたばかりのヒヨコのような眼で植物とも動物ともつかぬ状態のままで夕方の町の事物と、光彩と、空をまじまじと見とれていたのであろう。そして、これこそ重大な一点なのだが、たいていいけだるい半覚半醒の時刻を選んでこの光景は出現する。その、肉と知の、外と内の、沈と昇の、潜在意識と顕在意識のせめぎあいの、どうかしたたまゆらの空白の瞬間、しばしばこの光景の訪問をうけ、そのたび毛布のなかで音楽を痛覚させられたことであった。

大通りの坂道と、燦爛とした夕焼雲と、大凧の唸りのなかの、この、初夏とも真冬ともつかぬ、一人の人の姿も見えない光景そのものがしばしば音楽となって心と体をふるわせることがあるのだった。万年床のなかに寝そべったままで、ア、来夕と思うと、そのまま音楽にゆさぶりたてられることがある。非情多感でありたいと思いつづけて、ついつい、そう鎧づけてしまった心をひとたまりもなくとろかして郷愁で湯浸しにしてしまう、晩秋の瞬間がある。あたたかく、はげしく、滔々《とうとう》、また、蕩々《とうとう》と、ひろく、ふかく、はげしく、ゆるやかにわきたち流れて、さからいようがない。来夕、と思って何がしかの心の用意をしてから出遭えることもあれば、発作の出た瞬間に流し去られてしまうこともあった。光景はまざまざと肉眼視できながら音楽なのだ。三十年か四十年にわたって、それに何度、心身を浸したことか、数えようもないが、ついにペンでとらえることはできなかった。それは聞く光景であり、見る音楽でもあったわけだが、一度として書くことができなかった。せめて五線紙にといらだったことは何度となくあったけれど、楽譜を読むこともできなければ書くこともできないものにとっては記述のしようがないのだった。寝そべったままで身ぶるいしながら、ただそれがわきおこって心身を浸し、やがて脊髄をつたって消えていくのを見送るだけである。小説家が文盲になる経験はしばしば味わったけれど、これは半生を一貫してのそれであった。

年をとると眼が潤んだり、かすんだりする。とうとう動物園へいっても檻の鉄柵と虎の縞模様のけじめがつかなくなった。奪《と》られてしまった。何もかも奪られてしまった。

昔、そういう唄をパリで一人の若い女が歌うのを聞いたことがあった。真冬の初夏の町の光景と音楽も、近年、来訪が次第に間遠になりつつある。任意に呼出す方法がないので、ただ待つしかないのだが、ときどき待つということを忘れてしまっているのに気がつくこともある。登場してきたときには珍しいなと思う気持がさきにたったりするが、光景はずっと小さくなり、遠くなり、おぼろになっている。いつもきっと見えていたものやその場だけ臨時に見えるものがあったのだが、どちらも少くなり、小さくなりつつあり、時間も短くなるばかりである。ときには芽生えたとたんに枯れてしまうこともある。音楽からは力強さが薄れ、ゆさぶりたてるような郷愁がしりぞきつつあると感じられる。やがて、聞くこともできず、見ることもできなくなる。遅かれ早かれそうなる。そうなった日もわからないでそうなってしまうのであろう。だから文盲と知りながらもはじめて書く努力をしてみようと思いきめたのだった。

*

数年前、取材のためでも何でもなく、ふと思いたって大阪へいった。一週間ほどかかって寺町、阿倍野《あべの》橋、寺田町、北田辺《たなべ》、南田辺、平野、八尾《やお》、高見の里、藤井寺、杉本町など、それらの界隈一帯を歩きまわった。それから大阪市内をあちらこちら、ついで奈良、和歌山、神戸、京都などを一週間、歩きまわった。かつて一歩でも踏んだ記憶のあるところならどこでもと、思いだすまま、神経のそよぐままに歩きまわったのだった。生まれて育ったのは大阪であるが、それも二十五歳までで、あとは東京である。東京でもざっと二十五年間、暮したのだが、そのあいだにときどき大阪へ帰ることはあったけれど、いつも仕事にかこつけてであり、二、三日、滞在するだけで、せかせかと追いたてられるようにしてもどってきた。物心ついてからはずっと、いつも、仕事があろうとなかろうと、何かの焦躁にせきたてられてきたような気がするので、大阪も東京も、そういうことではあまりけじめがつかない。それでいて、これまた、いつでも、どこでも、懈怠《けだい》と分解の恐怖におびえていたようでもあるから、倒れるのが恐しいばかりにひたすら回転しつづけ、酔いつづけてきたのかもしれない。解体におびえて、とはいいながら、いつごろからか、とっくに解体していたのかもしれないのであるが。背後にのこした酒瓶の数だけは夥しいのだが……

〝上六《うえろく》(上本町《うえほんまち》六丁目)〟という地名は今でものこっているが、その一つ手前の〝上五〟という地名はどうだかわからない。昔は市電があって上本町一帯は、二丁目、三丁目……と数でかぞえて停留所があったのだが、とっくに線路を引剝がされてしまったので、今ではけじめのつけようがない。このあたり一帯はゆるやかな丘であって、たくさんの寺が集結していたので、〝寺町〟と呼ばれていた。この寺町からナンバ、ミナミまではさほど遠くないのだが、何しろ寺ばかりの一帯だから、土塀、門、木立、墓地、線香の匂い、読経の声などしかなく、たまにミナミへ食事につれてもらって帰ってくると、温湯から冷水へ浸りこむようであったと、その感触を記憶している。寺の墓地が子供の遊び場なのだから、七歳までの毎日、線香や苔の匂いばかり嗅いで育ったのだということになる。カクレンボをしてつるつるする苔を踏み踏み、いい場所があったと、イチジクの木蔭に入っていくと、たちすくみたくなるような荘重の陰暗がよどんでいて、そのじめじめした根のかげに巨大なヒキガエルがうっそりとすわりこんでいたりする。どんよりと眠そうではあるけれど、イボだらけのだぶだぶの厚い皮膚のなかで金色《きん》の眼が光っていて、その一瞥に出遭うと、体がつめたくなり、視野が青く黒く、みるみる小さくなって、気絶してしまいそうだった。どこの寺だったか、思いだしようもないが、ハスの密生した池があり、アオミドロでよどんだ水が肉厚のハスの葉のかげににぶく光っている。何歳かの、ある夕暮れに、ひとりでか、誰かに手をひかれてか、その池のよこを通りかかると、ふいに一つのハスの花が音たててひらき、一瞬、凍りつきながらとびあがってしまったことをおぼえている。たまらなくなって母か、叔母か、女中かの体にしがみついたはずである。ハスの花は朝に開くものではないかと思うが、この心象はいつも夕暮れになっている。しんしんとした静寂のさなかではじけるハスの花の音は、後年、いろいろな場所で何度となく聞くことになるが、これほどの高品位の恐怖には二度と出遭っていない。耳にとっての処女音がそれだった、ということになる。ハスの花の匂いそのものはしっとりと沈痛で、けだるい読経の声によくあうのだが、開花の音は、不意で、頓狂であり、威迫しながら、孤独である。それにふるえあがってしまったようであった。

真冬の凩の音のひびくあの初夏の坂の町はどこだったのだろうと、ひそかに期待しながら、寺町一帯から高津神社、くちなわ坂、夕陽ヶ丘と、足の向くままにあちらへ歩いたり、こちらへ歩いたりした。しかし、清潔に水をうたれて御影石の白と黒のゴマ斑《ふ》が光っている寺の門、白木の小さな木柵がおかれてはいるけれど、門そのものはいっぱいに開かれていて、通りがかりに覗くともなく覗くと、人の姿は見えないけれど、サザンカの赤い花のたわわな花叢《むら》が見える。そんな寺や、門は、どこにもなかった。つぶれかかった、古い、暗い、しめった長屋は、ところどころに残っていたが、七輪の煙りや、わきたつような歓声はどこにもなかった。日をかえてわざと夕暮れに歩いてみるということもしてみたのだが、とうとう出遭えなかった。何よりもあのゆるやかで、精悍で、にぎやかな坂道はどこだったのだろう、と思って歩きまわったのだが、これまた見つけることができなかった。路地裏の駒下駄の音にまじる甲ン高い少女の叫声や、ネズミ花火の炸裂音などは夏の歳時記だから春に歩いたのでは見つかりようがないと、はじめから期待していなかったが、どこへいっても団地アパート、ガソリンスタンド、ラヴホテル、ジュースの自動販売機、オートバイ、ダンプカー、排気煙、地響きでは、予感のしようもない。耳のうしろのあたりにあの光景と音楽が小さく、遠く、稀薄にただよい、どこまでも追ってくるのだが、ついに追いこされて、正面にたちはだかることがなかった。

臨時に登場はするが、けっして一回かぎりではなく、いわば飛入りの常連ともいうべき光景もある。その一つは、古くて赤くて、くすんだ煉瓦壁に、鬱蒼と緑いろの、たけだけしいばかりのツタが茂っているという光景である。それは暗い木立のはずれにあって、赤い煉瓦壁の向うには雨のあとの深い林がひろがっている。それを眺めていると、歓声も、燈火も、炊煙も、夕焼空もないけれど、視線がしみじみと吸いこまれてはじきかえされることがなく、ひたすら静謐であり、安穏である。この赤い煉瓦壁は廃棄された工場の壁のようであるが、どこか遠い山の別荘のそれのようでもある。やっぱり、いつ、どこで見たのか、生からきたのか、書物からきたのか、まさぐりようがない。選びようもないし、呼出しようもなく、ボタンのおしようもない。しかし、いつか、どこかで、目撃したのだという心の感触があり、それがあまりにもひそやかなのにしぶといので、捨てることができないでいる。何よりもその煉瓦壁を見とれるときに味わう、ほのぼのとした好ましさと幸福の感触が忘れられないのである。はげしい、さかんな歓びではないけれど、稀れな静穏と充足があるのだ。さびしいのに不安ではないのだ。この壁のひとかけらでも見つからないものかと思って、顎が出るほど歩きまわったけれど、やっぱり発見できなかった。へとへとにくたびれてホテルにもどり、夜ふけに起きて窓ぎわに佇み、ウォトカをすすりながら窓を眺めると、朦朧とした男が一人、眼も顔もさだかでないままグラスを口にはこんでいるのが見え、広大な静寂のなかで無数の赤や青の灯が輝やいている。あれも消えたし、これも見つからなかったと、ひとつひとつ、かぞえていると、どこかにひくいひくい微顫の音楽が鳴っているようであるが、煙りのようにとらえられない。酒精の一滴の甘い衝撃でともすれば消えそうになる。それでいて、しぶとさを感じさせることなく、いつまでもつづいて消えようとしない。

寺町の上本町五丁目で暮したのは七歳までである。その七年間は病弱であったから、しじゅう何かの病気をして寝こみ、何度も病院にかつぎこまれ、少くとも二度は死にかけたと母に何度となく聞かされて育った。しかし、病院の白い壁や、ガラス瓶の輝きや、注射針の痛覚は何ひとつとして思いだすことができない。人びとのさわぐ声や、おしころした声や、あわただしい足音を思いだすこともできない。春になるとどこからともなく〝ネコオバハン〟という女乞食がやってきてたくさんのネコといっしょに小学校の塀ぎわの日だまりにボロ屑に埋もれてうずくまっているのを見にいったことや、正月の朝のうららかな光のなかへ突如として獅子舞いがなだれこみ、笛と小太鼓のとよめきのなかで朱と、金と、黒を輝やかせつつ吉祥というのでありとあらゆる人に嚙みついてまわり、妹がおびえて泣きだしたのをかばってやったこと、師走になると福井から清吉ツァンが越前ガニや、キジや、羽二重餅などを土産に持ってやってきて、祖父と国言葉をかわしつつとめどもなく酒を飲んだこと、そのカニの甲羅やキジの胸毛が電燈の灯の下で鎧のように輝やいていたことなどに記憶はもどっていくが、おぼろである。徳利や箱膳や皿をはこぶために頭上遥かを母と、叔母と、女中が足音たてていったり来たりしていたのだが、その気配は感知できるのに誰の顔も見えない。おとなたちのひそやかな眼と声、率直であらわな眼と声、あたたかい酒の匂い、灯の輝き、すべては頭上遥かをいったりきたりする出来事であった。おそらくは和服に着ぶくれて二人の妹といっしょに火鉢のふちでミカンが炭火にあぶられてあたたかい泡といっしょに音たててはじけるのや、酒粕で砂糖をくるんだマンジュウがふくれたり焦げたりするたびにたてる香ゝ高い匂いにうっとり眼をうるませていたのであろうと思われる。こういう快活な恍惚の記憶のほかを求めるとなると、イチジクの陰暗な木かげのなかのヒキガエルの眼か、夕暮れのしじまのなかでのハスの花の恐しい炸裂の音だけしかない。大都市の中心に近い箇処にそういう音を聞くことができたのだという事実に、いまさらながら愕《おどろ》きのうちにもどっていくことはできるのだが……

昭和十三年に一家は北田辺へ引越すことになるが、当時はこのあたりは大阪市の南の郊外であった。畑、水田、空地、草むら、川、池などが、どこにでもあった。腺病質で、内気で、おとなにろくろく声をかける気力もなかった子供は、やっぱりはにかみ屋で臆病者だったけれど、泥まみれになる快感に浸されることになった。川をせきとめて掻い掘りしてフナやドジョウやナマズをつかまえる。ねっとりとして、奥深く、ひめやかで豊満な、あたたかい泥にむずむずと手をつっこむ快感には恍惚とならせられる。もぞもぞとその無限定の膨満のなかをまさぐっていくと、コロッとしたのや、チクリと刺すのや、素速く指のなかからぬけだすのや、そうかと思うとただの孤独でこわばった枯根や、ひとくちに〝泥〟といっても、様相は止めどがなかった。この愉しみを一度おぼえると、妹たちといっしょに火鉢のふちにしがみついてミカンの袋が炭火で泡だつのをとろんとなって瞠《みつ》めているなどという阿呆なことはできなくなってしまった。夢中になって川岸の草むらのなかをさぐっていると、黒と黄の鮮やかな染めわけ縞のクモが網を張っていたり、背中に無数の卵を背負った虫が水に潜っていったりして、一瞥しただけで体がつめたくなり、視野が青く黒く縮小したりするような、どうしようもない恐怖におそわれる。しかし、失神したり、失禁したりしたくなるのを必死になってこらえて、泥のなかをまさぐりつづけると、チクッと鋭く刺されはするものの、ナマズに指がふれるのだった。エビガニにいきあたることもあった。もしもそれがウナギだったりすると、シャツ、ズボン、髪、舌、何が泥まみれになっても追っかけまわしてつかまえないことには、家へ帰っても、夜もろくろく眠れないのだった。

この頃に耳がおぼえたものはよくおぼえている。それは今でも、かなり随意によみがえらせることができる。毎日、毎日、学校が終るとバケツをかついで川へいくのだが、途中で従弟《いとこ》をかならず誘いだす。これは母の第一妹の男の子で、泥まみれになるのがどうしようもなく好きなので、従弟なのに兄弟のようになってしまった。この子と二人して川へバケツをかついでいき、誰も荒していないところを見つけ、石や、泥や、草を持ってきて川をせきとめる。それから汗みどろになってバケツで水を掻いだす。これは大仕事なのだが、それだけのことはあった。半日かかって川を日干しにすると、夕方頃になって、泥と水のまざりあったねろねろのなかを右に左に、大きいのや、小さいのや、背ビレをたてたのや、細長くぬらぬらしたのやらが、いっせいにしるしを描いて走りだすのである。叫んだり、罵ったり、ぶつかったり、ころんだりして、それを追いまわす愉しみとくると、致酔的であった。日光のなかには泥の呟やき、草の呼吸、木の吐息、魚の嘆息、虫の羽音、聞きとれるのや、とれないのや、甘っぽいのや、じめじめといやらしいのやら、じつにおびただしい音がこめられていた。これらの物音を全身に吸収して家にもどると、泥の甘い匂いは風呂場で水を浴びたら消えるけれど、音たちは寝床に入ってもハチの羽音のように唸りつづけて消えることがなかった。学校へいっても先生の声が聞えなくなり、茫然としていると、眼と教科書のあいだをコイやナマズが悠々と泳いでいくのが、肉眼に見えるのだった。耳で酔って、眼はさめているのだった。

そろそろ濫読癖がはじまりかかっていたので、紙から酔っぱらいの海賊や枝から枝へとぶ若者などが出てきて魚や虫の行列に参加した。家の内では画用紙にマンガを描き、母や二人の妹を座敷にすわらせ、自分は廊下へ出て、ガラス障子にそのマンガをくっつけ、つぎつぎと入替えながら紙芝居の口真似をしてみんなを笑わせるのが好きだった。みんなが笑ってくれないと、笑ってくれるまで、必死になってお道化《どけ》たりふざけたりするので、そのあとで熱が出て寝こんでしまうことがあった。しかし、家の外へ出ると、人に声をかけるのも苦痛だったし、かけられるのも苦痛だった。いつも薄弱な殻のなかに閉じこもり、破られることにおびえて、びくびくしていた。冬になると学校では生徒を校庭に集め、全裸にふんどしをしめ、相撲体操というものをやらせたが、寒さと緊張のために御叱呼がしたくなり、気絶したくなるほどこらえたけれど、先生にトイレへいかせて下さいと訴えることができないまま、とうとう洩らしてしまった。土俵入りの姿勢をしたまま御叱呼が太腿をつたい、脛《すね》の裏を流れ、土にあたたかい地図をひろげていくのを汗まみれの遠い眼で眺めているしかないので、はずかしさのあまり死んでしまいたくなり、家にもどるとふとんをかぶって寝た。また、ある池でライギョを釣って帰る途中、今度は雲古をしたくなったが、どこへいっても人に見られている気がしてならないものだから、こらえこらえ小走りに走ったり、歩いたりしているうちに逸走がはじまり、それも絶望したくなるくらいの巨塊がとめどなく出てきた。それでも歩きつづけるしかないので歩きつづけたが、一歩ごとにお尻の右の頬や左の頬にねばねばとくっついたり離れたりする。家にもどるとこっそり風呂場へいって体を洗い、雲古はパンツごと新聞にくるんで紙屑籠につっこみ、ふとんをかぶって息をひそめた。すると母が二階へ上ってきてよせばいいのに部屋の掃除をはじめ、その物音をはらはらしながら聞いているうちにたちまち露見して、ふとんを引剝がれてしまった。ふとんのなかには深くて柔らかくてひっそりした、このうえなく親しい闇があって、どんな苦痛も緩和できるのだが、誰にでもあっけなく剝がれてしまうので、はかない思いをさせられる。

静かになればなるだけいよいよ音が聞えてくるのは危機の様相の一つであるが、この頃にささやかなそれを知った。いつものように魚とりに出かけたところ、野原に小さな川があって橋がかかっていた。欄干も何もないただの土橋だが、古くなってまんなかに穴があき、そこから下の川が見えた。きれいな水をたたえた澱みがあり、岸では明るい砂が日光に輝やいていた。草むらを行けばあっけなくそこへおりられるが、易きを避けたい衝動が気まぐれと手を組んで登場し、穴をくぐってみようと思いたった。やってみると足も腰も胴もうまくくぐりぬけることができたが、頭でつまってしまった。肩から下の全身がぶらりとさがり、足は岸につかず、頭だけで体重を吊す結果になった。どうゆさぶっても穴に頭がきっちりはさまり、にっちもさっちもならなくなった。真夏のけだるい午後で、あたりには人の姿はなく、たとえ誰かいたとしても声をかける気力はないのだし、こんなマンガめいた恰好はどうあっても見られたくない。だまってじたばたしているうちに頭はいよいよ穴につまり、首の骨に何か異様な軋《きし》みと疼痛が走り、呼吸ができなくなった。首の骨が折れるか。切れるか。全身がしびれて、冷めたく、暗くなった。夏の白暑の陽炎《かげろう》がゆらめくなかに不意に澄みきった、広大な静寂があらわれ、同時に草の呼吸音、虫の羽音、小川の流れる音、誰かのしのび笑いの気配、父の叱り声、無数の音がギシギシとひしめきあった。だらりと穴にぶらさがったまま、息がつまり、涙が流れ、充満する騒音のなかで、とりわけ首の骨の鳴るのが高く、鋭くひびきわたった。そして不意に穴から頭がぬけて小川に体が落ちた。騒音も消え、広大な静寂も消えた。川に半身を浸したきり、喘ぎ喘ぎ、気遠いなかで、一足ス一ハ二、二足ス二ハ四、三足ス三ハ……暗算をしてみると、どうやらまちがっていないらしいので、無事だと感知できた。しばらくしてたちあがり、うめきうめき家にもどったが、鏡を見ると左右の耳から顎にかけていちめんの擦り傷があって血が流れていたので赤チンを塗った。真夏ではあるけれど、またまたふとんをかぶって寝た。夕食を食べながら父や母がその傷はとたずねるので、ころんだのやと答えておいた。父はちらと一瞥し、右と左を同時にすりむくにはどんなころびかたをしたんやと呟やいた。アリジゴクみたいな、擂り鉢みたいな坂があって、右は落ちるときにすりむき、左はそこを這いあがるときにすりむいたんや。ぼくは福助頭やねん。重うてかなわんのや。とっさに嘘をついておどけてみせたが、父は苦笑したきりで、それ以上何もつっこんでこなかった。

＊

駅からの道はすっかりアスファルトで舗装され、それもすっかり老成して、ところどころ衰頽の皺がめだつほどになっている。家を出て東に向うと、二つの川があり、一つはよごれた水が流れているのでドブ川と子供に呼ばれ、もう一つは土堤《どて》によくウルシの木があるのでウルシ川と呼ばれていた。しかし、どちらの川も〝川〟であって、岸には草むらがあり、水は藻のふちをよどみよどみゆっくりと流れ、小さな排水溝から落ちる水のしぶきと波紋のなかでフナがよく口をあけて空気を吸っているのが見られたものだった。橋に立ってそのフナを眺めると、まるで第三の眼でもあるかのように素速く体をひるがえして消えてしまうので、姿が見たければ足音を盗み盗み、息をつめるようにして、橋に近づかなければならなかった。臆病なフナが表層に浮上して空気呼吸をしなければならない程度に水はよごれていたけれど、人の視線を感じてピシャッと音をたてて姿を消すくらいの元気を魚にのこしておいてやるくらいの汚染にすぎなかったといえる。

しかし、ドブ川もウルシ川も今ではコンクリートでつくられた〝溝〟にすぎない。草むらも、乱杭も、藻もなくなり、ただの枯れかかった排水溝にすぎなくなっている。大雨の降った翌日か翌々日には上流から大きいのや小さいのや、さまざまのフナがアップアップしながら流れてくるので、それをしゃくいとろうとして無数の子供が橋にならび、物干竿のさきに網をつけたのを手に持って、小さな、とがった肩でおしあいへしあいをしたものだった。フナはくたくたに疲れているうえに上流のたくさんの橋で子供の網にしごかれているので、きわめて敏感になり、賢くなり、大物をつかまえるのはなかなか容易ではなかった。たまにつかまえると、とたんに全身が発光し、靴をぬいで裸足になり、片手で網の竿、片手で靴をつかみ、発光したまま、魚を網に入れて家まで一目散に走ったものだった。金魚鉢、バケツ、タライ、何でもいい、水を入れ、食塩をちょっぴり落し、魚をそこにはなしてやって、少しずつ少しずつ元気をとりもどして泳ぎだすのを、一時間でも二時間でも恍惚となって見とれていたものだった。そんなときには全身のすみずみまで無数の、微細な、明滅、出没する音にみたされているので、母の声も聞えなかった。

土管の中にいるときのネズミは尾をたえまなく土管の壁にふれさせ、そこからテリトリーのなかにいるのだという自信の力を全身へつたえることができ、影のように素速く行動することができる。しかし、一歩そこから出て、たとえば広場に出ると、尾のふれる事物がないので、たちまち麻痺してしまい、たちすくんでいるうちに、玩具よりあっけなく自動車に踏みつぶされてしまうのだと、学説は解説している。ドブ川とウルシ川の流域の子供はその流域内でならアリジゴクの穴の一つ一つまで知りぬいていて、草、木、魚、花、棘《とげ》、石、橋、あらゆる事物の力にみたされてはしゃいだり、笑ったりし、他人をだしぬくことや、自分の秘密を持つことや、それを守るために他人を追っぱらおうとしてちらくらと嘘をいいたてることにふけったが、川の向うになると手も足も出せなくなる。橋をわたると一本の道がついていて、芋畑やトウモロコシ畑のなかをつらぬき、はるかな平野の大念仏寺の屋根まで通じているらしいのだが、何となく足も心もすくんでしまって、浸透していくことができなくなる。ぎっしりと繁茂する芋の葉、トウモロコシの剛健な茎の密林、ことごとく悪意と威迫にみちているように感じられ、一瞥しただけでたちすくんでしまうのである。少しずつ、少しずつ侵食して、テリトリーを広めることにふけりはするものの、断固として一気通貫の意力にみちてその白い道をどこまでも歩いていって帰ってくるということはできなかった。一口に呑みこむことができないので、ふちから一片ずつ食いかじっていくしかないのだった。

夏になると、トンボがたくさん出てくる。彼らが川を飛ぶところを見ると、岸の草むらに沿って羽音をたてつつ飛び、ときどき水草の葉にとまって尾を川に浸し、しばらくそうしていてから、また飛んでいく。夕方になると、コウモリやツバメの大群にまじって、トンボの大群が、一匹ずつばらばらになって、東から西へか、西から東へか、いっせいに飛んでくる。これを待ちかまえて子供の大群が空地、野原、道のはしに集り、いっせいに〝ブリ〟を投げる。これは糸の両端に小石を結びつけたのを紙でくるくるとねじって巻き、それを二つ折りにして空中高くへ投げるのである。するとトンボは虫だと思い、または何だろうと思って首をつっこんでくる。とたんに糸で首と羽をからまれ、くるくると舞いながら畑へ落ちてくる。このブリは高く飛ぶにこしたことはないけれど、高すぎるとトンボの眼に入らないし、低すぎてもいけないので、小石がいいか、粘土がいいか、それともアズキ豆を粘土でくるむのがいいか、活字の古字母を切ったのがいいか、巻く紙には金紙がいいか、銀紙がいいか、マスのフライ・キャスターが毛鉤の素材について熱狂するように日夜、夢中になった。トンボは一群また一群とやってくるが、そのたびに歓声がわきあがり、何十本とブリが空へ飛んでいく。上手で老獪な子供の投げるそれは群をぬいてのびのびと飛んでいき、一投げごとにきっとトンボをからめとって地上へもどり、見ていると嫉妬でくらくらとなりながらも、あまりのみごとさにうっとりさせられる。

ブリ。網。トリモチ。またはしばしば、メスに糸をつけて、その糸を棒のさきに結びつけて、ゆっくりと頭のまわりを飛ばせると、オスが飛びかかってからみつく。さまざまな方法でトンボはとらえることができるので、白昼の子、黄昏の子、それぞれの好みで道にいそしんだのだったが、いつだったか、誰もやってない方法でだしぬいてやろうと思いたったことがあった。広い方形の畑があると、きっと、トンボがいるが、たいていその方形の一辺だけに沿って往復しているものである。見ていると、乾いた羽音をたて、胴の青や赤銅を日光に煌《きら》めかせつつ、矢のように飛んだりもどったりしているのである。しかし、そうやっているうちにくたびれてくるらしく、ときどきトウモロコシの高い穂にとまって休んだりするようにも見られる。そこで畑にそっとしのびこみ、一点に立ち、身動きもせず、息もしないで佇んでいたら、棒があると思ってトンボは頭にとまりにくるだろう、そこをすかさず手をのばしてつかまえたらいいのだと、思いついたのである。さっそく実行にかかったところ、これはひどい難行であり、苦行であった。ギラギラ照りの、真夏の、白暑のさなか、芋の葉もくたくたになってうなだれる時刻に畑で棒立ちになり、ひたすら息をつめ、眼をパチパチさせるのも憚って、もっぱら静謐一途をめざすのだから、まったく楽ではなかった。額から眼に流れこむ汗をぬぐってもトンボに怪しまれるだろうから、それもがまんしなければならない。ゆらめく白炎のさなかに微動もしないで立ちつづけていると、やがて静謐をみたす雑音はことごとく消え、聞えるのはいったり来たりするトンボの精悍で、清潔で、乾いた羽音だけになる。見えるのはその目玉と胴の煌めきだけである。しかし、トンボはちゃんと人間であることを知っているらしく、すぐ近くまでやって来はするものの、たくみにさりげなくよけて飛んでいき、けっして頭にとまってくれようとはしなかった。これを半日もつづけ、一匹のトンボもとれないで家にもどると、全身が白熱と騒音でわきたち、くらくらと吐気がし、船酔いにかかったようになった。部屋のすみっこへいってよこたわり、壁に手や足をつけておかないことには波にゆさぶりたてられるようであった。必死になって眼を閉じて耐えるのだけれど、ときどき突破されてゲロを吐いた。

無数の窓という窓からオムツや、フトンや、毛布がさがっている灰色の団地アパートを見あげて、四十年前のある真夏の芋畑の午後の広大な静謐を思いかえすのはむつかしいことであった。うつろでけわしい眼つきの主婦たちが子供を叱る声があちらこちらにひびき、膿んだり、汁を流したり、匂いをたてたりする土はどこにもない。草もないし、棘《いばら》もない。木蔭もないし、水たまりもなく、草の影を映す小溝もない。その小暗い影に閃めく小魚の姿もないし、ミズスマシの滑走も見られないし、よろよろ逃げていく醜怪なタガメの後姿もない。草むらに足が一歩入ると、それだけで、きっと何かしら、飛びたつか、逃げるか、走るかするものがあり、その姿すべてか、後姿か、一瞥でつねに獲物があったけれど、今ここに見られるものは、硬くてひからびた、荒寥とした、コンクリートのブツブツの肌だけである。雨の降った日の翌日の午後にこの畑を通りかかると、草むらも芋の葉もいっせいにいきいきと息づいて、ねっとり、むっちりしたいきれをたて、水が空から降って土にもぐってふたたび空へ投げかえされる還流現象であることが全身で感知できたものだった。自身の体もその大いなる河のなかの岩というよりは流れそのものの一部にほかならない、もしくはその流れを濾すいくらかの骨と肉を持った筌《うけ》のようなものだと、爽快な充実感で無の歓びを知覚できたのだったが、今ここに住まわせられている子供は、いくらコンクリートずくめでも一匹のアリが這うことぐらいはあるだろうから、たまにそれを見て、やっぱりおなじことを肌で知覚して、階段をのぼっていくものなのだろうか？……

二つの川をもどって道を駅へとっていくと、眼になじみのある家が道の両側につづく。焼夷弾は阿倍野にも降り、河堀口にも降り、美章園にも降ったけれど、あと一歩というところでとまったからこの界隈は焼けずにすんだのである。そしてそれらの似たような構築の家に住むことを余儀なくさせられた人びとはその後に改築する資力なり意図なりを抱かないですませたらしく、どの家もことごとく見覚えのあるままである。一軒ずつ表札を読んで歩くと、昔のままの姓のもあるが、しばしば見覚えのないのがまじっている。そしてそれらがすでに墨の字を読みとりにくいまでに風雨で老朽している。昔のままの姓の表札を見るとついつい一歩たちどまりたくなるけれど、呼鈴をおして、人が出てくるのを待ち、戸があけられるのを待ち、くどくどと挨拶をしてと考えると、何がなし、億劫になって、そのままで通りすぎてしまう。あちらこちらに老化の兆《きざし》をかくすべもなくさらけだし、いくらか羞しそうに、寡黙に肩をくっつけてならんでいる家を一軒ずつ一瞥しながら、声をかけたものか、どうか、とまどいとまどい歩いていくうち、ふいに思いあたることがあった。

黄昏の歓声にみちた、いつもの、あの、無人の街は、初夏のはずなのに、空では冬の凧が精悍な唸りをたてている。寺町には凧をあげられるほどの空地や野原があったと思いだせないし、このあたりではウルシ川から向うはいちめんの畑であり、水田であり、野原がいくらでもあり、正月の前後にはずいぶんたくさんの大人や子供が凧をあげて遊んだものだった。家の中にいてもその唸りは朝から終日聞くことができた。トイレの薄暗い闇にしゃがんでいてもそれは聞くことができた。何人もの子供をひきつれ、畳一枚分はあろうかと思えるような、巨大な手製の凧をかついで、東の方へ、川の方へ歩いていく大人の姿をときどき見かけたものだった。と、すれば、あの街の光景のうちで、空の音だけは、寺町から北田辺へ引越してきてから参加して常連となったものと思われる。地上の光景はそれまでに出来上っていたのであろう。ここへ来てからそれに空の音が添加されたのだ。すると、昭和十三年以後、八歳以後のいつかの年に完成した夢だということになる。半覚半醒の状態のときによく出現するのだから、ドミ・レーヴ、つまり半夢と呼ぶのが正確かと思われるが、むしろ〝作品〟と呼びたくなってくる。題もついていず、枚数もわからない作品である。もし十一歳のときにそれが完成していたのなら、四十年間、一つの作品と同棲してきたことになる。

*

渚の玩具や流木のように夥しい印象がこの歳月のうちにたえまなくうちあげられたり、持ち去られたりした。大凧の唸りは半夢のなかにしのびこむことができたので、どうにかこうにか洗い流されないで生きのびられたが、いかにして生きのびてこれたかはいくらか書くことができるが、何故それだけがそうなったのかは書くことができない。ここでもまた、how はわかるけれど why はわからない。

たしかにその頃の季節はそれぞれが断固として独立していたから、夏が夏であるように冬は冬であった。夏に出会える事物は夏でしか出会えず、冬の事物は冬でしか顔を見られなかった。冬には凧の唸りのほかに木枯しもあり、霜の割れる音もあって、銭湯の帰りには凍《い》てた道で手拭いが固くなり、棒のようにたてることができた。夜まわりのおじさんの拍子木の音は澄みきった冷凍のなかで歯音のように甲ン高く響きわたり、あたたかいふとんのなかで聞いていると、いまどの道を歩いているか、どの角を曲ったか、どこまでも耳で追っていくことができた。毎夜きまった時刻にきまった歩度で近づいてきては遠ざかっていく、その、明晰で、ひきしまった、冷めたい木の音を、何枚もの戸や、壁や、障子ごしに聞いていると、けだるくてほのぼのとした安堵感が湯のように体を浸してくれるのだった。耳だけでのびのびと手や足をのばして眠りこむことができるのだった。耳でその冷めたい音を聞き、足の指で熱いコタツをまさぐっていると、すべてが甘睡で放下《ほうげ》できた。

ある冬の某日、午後遅くになってなにげなく表戸をひいて道へ出てみると、薄暗い、ほの白い、人のいない道に二人の男女がいた。男は初老の年配で、中折帽をかぶり、高価そうな、見慣れない生地のオーバーを着ていた。女は若いとはいえない年配だったが、秀麗な、無残な顔をしていた。

「……!」

男はふりかえって女の顔を一瞥し、何か、短く冷めたく、口のなかで罵った。女はおびえてその場にたちすくみ、暗い、かなしい眼で、低く呼びかけた。

「かんにんして、あんた」

一息おいて、

「帰ってきて、あんた」

といった。

それだけである。そこで光景は消えてしまう。覗いてはいけないとされているものを覗いてしまったような気がしたので、いそいで家に入り、座敷の火鉢のところへもどったから、そのあとどうなったのか、何もわからない。しかし、女の声にさらけだされていた純粋な陰惨と不幸のひびきにはたちすくみたくなるようなものがあった。それは氷柱《つらら》が砕けるように道にひびいた。

座敷では明るい電燈の下で母が赤砂糖を酒粕でくるんだ饅頭を餅焼網にのせ、二人の妹が火鉢にしがみついて何か声をあげてはしゃいでいた。いそいでそのなかに割りこみ、明るい炭火を眺め、酒粕の焦げる芳烈な香りにうっとりとなったが、女の声がいつまでもまつわりつき、いてもたってもいられないさびしさにおそわれた。何かしら、たまらない心細さが強い酸のように体をじわじわと腐らせにかかり、どうしようもなかった。火鉢は熱く、粕饅頭は香ばしく、灯は明るいのだが、腰から下の半身が冷めたい泥水に浸っているようで、不安でならなかった。いそいで『宝島』を読んでみたり、『蛸《たこ》の八ちゃん』をひろげてみたりしたが、とらえようのない冷めたさが足から腰へしみついて、いつまでも消えようとしなかった。

＊

小学校から中学校へ進んだ年に父が死んだ。入学したのが四月で、そのときすでに父は奥座敷で病臥していたが、五月には川の対岸へ越した。町内の医者が腸チフスを風邪と誤診したために手遅れになり、病院へ運びこまれたときにはすでに危篤状態であった。霊安室で対面したときには樒《しきみ》をつめた棺に入っていて、鼻孔に白い綿がつめられてあった。その黄いろい顔は乾いて萎びかかり、少しくたびれてはいるが安堵しているようにも見えた。肉親であれ、他人であれ、自然死であれ、不自然死であれ、死と出会うことで心に年輪がきざみこまれるものであるなら、この五月の午後に最初の一本がきざみこまれたのだったが、あまりに打撃がひどかったので、痛覚もなく、涙も落ちなかった。最初の不幸は耳と眼から浸透してきたが、最初の死は全身の毛孔から浸透し、音もなく体内にみなぎり、ただ両手をさげたままでたちすくんだ。悲傷や、寂寥や、不安は少し遅れてから入場し、いつまでも立ち去ろうとしなかった。道を歩きながらふいに涙が流れてくることがあり、手でぬぐいぬぐい歩いていくしかないのだが、ヤブ医者を憎むことで、どうにか、いくらかまぎらせられると知ってからは、憎みに憎んだ。それはあさはかで幼稚だとわきまえるようになってからも、そうすることは、やめられなかった。

　父が死んでみると、ふいに家のあちらこちらに影がキノコのように、水のようにしみだしてきた。玄関から庭石まで、いたるところに影がはびこり、日中でも夜でもまざまざと見ることができた。どれほど日光が直射しようが、電燈を明るくしようが、そうしているあいだだけ影は一歩しりぞくと見えるが、それは内気そうに眼をそらすそぶりにすぎなくて、しばらくたてばたちまち音もなくもとの場所にもどり、そればかりか、さらに根を深くはびこらせたらしいと感じられるのである。祖父は黙々と新聞や本を読み、退屈すると辞書をつくり、夜になって叔父が銀行からの帰りに碁をうちに立寄ってくれるときだけ声をだした。母は神経症に陥ちこんで病臥し、ときどき台所にたって炊事をはじめることははじめるのだが、関節も内臓もなくなってしまったような動作しかできないので、すぐのろのろと泣きつつ病床にもどっていく。そのうろが叔母にも伝染して、二階の自室に万年床を敷いて寝こみ、昼夜兼行でだまりこくって何となくごろごろするだけである。二人の妹は小学校からもどってくると戸外へ遊びに出かけるけれど、出かけたかと思うともどってきて、ぼんやり廊下にたって庭木を眺めている。食事のときも、そうでないときも、家族のひとりひとりが何となく眼をそらしあい、顔を直視することを避けあい、家のあちらこちらで寝たり起きたりし、影の群れに犯されるまま体をゆだねている。それを見るのが苦痛でならないので、中学校の体操部に入って夕方近くまでひたすら飛んだり跳ねたりすることに没頭し、どうしても帰宅しなければならないとなると、なるだけのろのろと道を歩いて帰るように努力した。親しい友人がたちまち何人かできたが、しばらくたって指を折ってかぞえてみると、その何人かはどれもこれも父を失っているとわかった。みんな悪い手の愉しみを知る年齢なので、家にもどると人目をぬすんでこそこそといそしんでいるはずだったが、寂寥がひりひりするような香辛料となって味を深めていたのではあるまいか。

　叔父は家が近くなので、毎夜のように勤めさきの銀行からの帰りに立寄ってくれた。祖父とお茶をすすりつつ碁をうってくれるのだが、表戸をあける音と叔父の声がすると、その瞬間、家じゅうに明るい波が小躍りしつつわきたつのだった。祖父は書物を捨てて寝床から起きあがり、母は病床から泣笑いしつつ這いだし、叔母はうろの煙りを漂わせつつも二階からおりてくる。妹たちはきゃっきゃっとはしゃぎつつ長身の叔父の長い足に小犬のようにまつわりつく。そして祖父と叔父が碁をうちはじめると、全員がそのまわりに集り、ぺちゃくちゃ喋ったり、粗茶をすすったり、ミカンの皮をむいたりにふけり、誰ひとりとしてたっていこうとしなかった。叔父はだまって碁石を指さきでまさぐるだけですべての人をそのまわりにひきつけ、血をあたため、ひとりひとりの体内に明るい灯をつけることができるのだった。何かの虫の集群に似たこのひとかたまりの外周には、壁、床の間、箪笥、箪笥と箪笥のあいだ、ガラス障子、廊下、いたるところに闇があった。影たちが冷暗ながらもひしめきあい、こちらを直視したり、横目で盗み見したり、ふと視線をそらしたりしていた。何気なしに眼をやるとそそくさと顔をそむけるそぶりが見えることもあった。こういう夜の一つの夜に、あるとき突然、祖父、叔父、母、叔母、すべての年長者の眼や、顔や、声が、それまでのように頭上はるかの高さにないことを知った。いつのまにかそれらの人びとの眼、顔、声が自身のそれらとまったくおなじ高さにあることをまざまざと目撃した。それは新鮮な知覚だったが、同時に深くて柔らかい土のなかからふいに掘りだされて日照りのなかへさらけだされた蒼白い幼虫の不安も、感じさせられた。

ある夜。

叔父のそばに寝ころんで秦豊吉《はたとよきち》訳『西部戦線異状なし』を読もうか、国訳『十八史略』を読もうかと迷ったが、どちらの本も二階の自室にあることを思いだし、たちあがって暗い階段をのぼっていった。階上の左側の六畳の部屋は父の居室だったところで、学期末になるとよく試験の答案用紙を大机いっぱいにひろげて赤インキで採点している姿を見かけたものだった。灯のついていないその室へ入ろうと、障子をまさぐりにかかると、その瞬間、低いがはげしく舌うちする父の声が部屋から走り、廊下をよこぎって、右の部屋へ消えた。その声がまぎれもなく父の声であること、罵りに近い舌うちであることに、おびえさせられた。思わず闇のなかにたちすくみ、手がしびれ、耳だけがたった。

*

ルーマニアには一つの諺があって、

『月並みこそは黄金』

というのだそうである。

幾通りにも解釈できるというのが諺の妙味みたいなものであるが、この句にもそれがいえそうである。額面通りに解してもいいし、裏を考えてもよさそうである。自身を月並みではないと思っているか、思いたがっている男には、それから生ずる傲慢を戒める窄身斧《さくしんふ》となるだろうし、自身を月並みだと諦めている男には、自足の貴重さを教える戒語となっているように思われる。いずれにしてもなかなか含みがあって玩味できる諺であるが、どちらかといえば若い人のための言葉ではなく、塩の年齢に達した人のためのものであるかと思われる。

この諺を知ったのはずっと後年になってからであるが、いつとはなく一つのイメージと結びついて連動するようになり、この言葉を想起するたびにまるで条件反射のように、中学校の教室に春の午後の日光が斜めに射しこんでいる光景が見えてくる。窓外にラグビーのボールを蹴る音や若い叫声が聞える。清潔な教室には床油の匂いが漂い、日光はおだやかで豊満である。いかにも月並みな、どこの中学校にも、いつの時代にもありそうな光景だけれど、いつ眺めてもあきるということがない。おそらくそれは失われてしまったからである。一年きりで失われてしまったからである。

この教室にかよった一年は月並みだったけれど、それ故に黄金でもあった。勉強、スポーツ、試験、友人、乱読、マスターベーションのほかは何も感じなくてすみ、考えなくてもすんだ一年であった。腹はいつもぺこぺこだったが食堂へいって食券を出しさえすればカレーライスでも、カレーうどんでも、食べ放題であった。パンツはいつも糊をぬったようにゴワゴワで、体操でシャツをぬぐときにはその乾いた白い粉があたりに散るように思えてならず、はずかしくてならなかった。けれど血はいつも新鮮であたたかく、たっぷり持てあますくらいあり、神経のそよぐ瞬前に場所も時刻もおかまいなしに充血するのだった。良心なき正直者は過度に良心がなく、過度に正直であったから、脳からの指令がなくても、悪い手がしのびこんでこなくても、朝から朝まで、ひっきりなしに、ひとりで立ったり、吐いたり、恐縮したり、また立ったりを繰りかえすことにふけっていた。ときどき脳の一部がふやけてとけだし、そんな液となって流出していくのではあるまいか、これからさきどうなるのだろうと、空恐しく感ずることがあったが、どうやら友人みんなが一人のこらずそうであるらしいので、ちょっと安堵できた。

どの学年でも野球の選手は顔が長くて眼鏡をかけている。どの教室にもきっと一人は〝マス〟という仇名の生徒がいる。どの学校にもきっと一人は〝カバ〟、もしくは〝ウマ〟という仇名の先生がいる。それから少し小さな声で、どの学年にもきっと一人は名刀のような美貌の生徒がいる。カバ、ネエヤン、レッテル、ゴンボ、ヘブ、廊下や、校庭や、体育館で先生の仇名をいいたてながら、そんなことを指折りかぞえてみんなで不思議がる毎日であった。どうやら日本全国の中学校では一校のこらずそうであったようだが、〝解剖ごっこ〟が大流行した。時間も場所もおかまいなしにワッと何人かで仲間の一人に襲いかかってズボンをおろし、パンツを剝いで下半身を裸にする遊びだが、たいていは柔道部、剣道部、ラグビー部などの腕力に長じた連中が先頭にたってやった。ときにはあれに紐を結びつけてみんなでちょいちょいひっぱりつつ、チンチン電車が走りますゥなどと合唱することもあった。そうやって解剖してみると、みんなおない年なのに、成熟度はじつにさまざまであって、一人ずつみな様相が異なるという事実にはいつもおどろかされた。百戦錬磨のしたたかな巨根がみごとな光アレという状態でのッと出てくることもあれば、ほんの小指ほどのが正チャン帽をかぶったままで出てくることもある。大男が小物だったり、小男がたいした物持ちであったり、外見からはほとんど何も見抜けないものだという教訓をたたきこまれたものだった。

なかには露出狂もいて、英語の授業中に悪い手をうごかせ、先生が動詞の変化をみんなに合唱させ、have, had, had, do, did, done、その、done! といった瞬間に発射してみせるといって一拍おいてから成就してみせたのもいた。その友人は端正な美貌の秀才で、いい育ちの坊っちゃんなのに悪童ぶることに夢中になっていたが、ほんとは気の小さいガリ勉屋であった。悪童はほとんどみんながそうだったといってよかった。正体をさらけだしたくない羞恥心と不安のために仮面をかぶるまでのことである。おとなになってもついついそれをつづけている人がたくさんいる。人が少年時代からいかに変らないかはじつにおどろくばかりであるが、他人の眼を持たないかぎりこれは知覚されることがない。それもおどろいていいことである。男は一生かけて少年時代の掌の中をかけまわっているだけなのだろうか。

一心不乱に勉強し、一心不乱にスポーツをし、一心不乱にますをかいているうちにもそれはじわじわと身辺に分泌されつつあり、登場しつつあった。中学一年生のときにはそれは戦陣訓の暗誦、軍事教練の実習、剣道にかわって木銃訓練、葉隠精神の講座、皇道神学の講演などで明滅し、出没しつつあったのだが、戦場はことごとく海外であり、アリューシャン列島から全中国大陸をつらぬいて仏印(ヴェトナム)からタイ国、マレー半島、インドネシア列島、オーストラリア縁辺にまで達する版図であった。そこまでの空間衝動は衝撃、膨脹、打破、連戦連勝であったが、いつ頃からともなく、玉砕、挫折、縮小、撤退の一途が伝えられるようになった。新聞、雑誌、噂話、流言、コソコソ話、ことごとく萎縮が伝えられるばかりであった。それらはとらえようがなく、たよりになるような、ならないような、朦朧としているのに何やら薄ら寒く酷烈でもあった。

悪童の一人がぼんやりした顔つきで、

「まるでチンポみたいな話やないか」

あたりを見まわして、

「ミルクを吐いたあとの……」

みんなを笑わせようと思ってそうつけたしたけれど、誰もむすッとだまりこんだきりで、笑うものは一人もいなかった。悪童はしょんぼりしてポケットから煎《い》り豆をとりだし、一粒ずつ惜しみ惜しみ嚙じった。

まったくそれはそっくりであった。膨脹、昂揚、突破、七転八起の一途をつづけていたのが、いつかある日から、萎縮がはじまり、はじまったとなると、縮小、沈滞、撤退、転落、はみだしの噂話ばかりになってしまったのである。それの発端から終結までを性交渉のそれになぞらえることは、古今東西、いささか色の諸分けをわきまえた、洒脱味のある史家なら、その尨大な戦記のどこかで、きっと決定的に一行か二行書きつけずにはいられない習慣もしくは伝統を持っているが、人を投げることとますをかくことだけに一心不乱の柔道部の悪童中学生は本能だけでそれをいってのけたのだった。まわりにいた四、五人の誰もがその痛烈を知覚したけれど、誰も口をはさむ気力がなく、本人は煎り豆を嚙じることにふけって名言をたちまち忘れてしまった。

翌年。

それはもう身辺のいたるところに登場し、舌から肛門まで、全身を貫流するようになった。全国民のうち肩や腰のしっかりした男という男にことごとく赤紙が来るようになり、徴発されて姿を消したので、あらゆる町という町が静かになり、澄んで、枯れて、暗くなった。中学生や女学生までが動員され、工場、造船所、地下鉄、操車場などに狩りだされ、教室から追いだされた。中学校の校舎は兵舎となり、北方や南方へ積みだされていく新兵や学徒兵たちの宿舎と化し、校門には番兵や憲兵がたつようになったので、動員先からぬけだした中学生がラグビーや水泳の練習をしようと思ってもどってきても、大喝一声、一歩も入ることができなくなってしまった。校内では教室という教室が兵舎になったから、安岡章太郎や古山高麗雄《ふるやまこまお》などがつめこまれ、夜ともなれば暗闇のなかでますをかいたり、よこの友達のをかいてやったり、吉原のお女郎さんの慰めの一言一句を思いだして茫然としたり、とめどなく東和映画の『パリ祭』や『スミス都へ行く』を思いだして自失したりしたのだった。しばしば銀座や新宿で見たチャップリンの『モダン・タイムス』の冒頭のシーン、あの、羊の群れが柵の中を追われて突進していく光景を思いだしてわが身になぞらえていたりしたのだったと思う。そして、それはまったく正確なのであった。なぜならこういう中学校に閉じこめられた新兵たちはしばらくたつと、たいてい早朝か夜ふけ、町の住人たちが眠りこんでいるうちに隊として編成されて、ときには『南無八幡大菩薩《なむはちまんだいぼさつ》』と大書した白旗を捧持《ほうじ》してどこへともなく出立していくのだったが、戦局が悪化して負ケがこんでくると、輸送船に乗せられて外洋へ出るか出ないかにアメリカの潜水艦の魚雷にやられて水漬《みづ》く屍《かばね》になってしまうのだった。彼らは口コミでどこからともなくそのことを教えられるので絶望に陥ちこみ、寒い冬の夜には廊下、教室、講堂、いたるところ手あたり次第に板を剝いで焚火をして暖をとり、便所がこわれたということもあるが、あたりおかまいなしに雲古をしてまわった。一兵卒と雲古の親近感覚については安岡章太郎『遁走』を読まれるがよろしい。古山高麗雄の諸作を読まれるがよろしい。それが十人や二十人ではすまず、何百人という若い安岡氏や古山氏が一期《いちご》の思いをこめてつぎつぎとやってまわったものだから、二年たって敗戦になって母校へもどったとき、その惨状には眼も口もあけていられなかった。鉄筋コンクリートの校舎が足の踏み場もないくらいすみからすみまで雲古溜めと化してしまった。

パリの
屋根の下に住みて
楽しかりし
昔

そんな歌を小声で口誦みつつ、もしくは思いだしつつ、両大兄たちは、モリモリとやったのだった。

萎縮はたちまち身辺に登場し、日常となり、誰もうけ入れて怪しまなくなった。中学生の制服が木綿からスフになり、ボタンが金属から瀬戸物になった。靴が皮革からサメの革になり、たちまち布製になった。食物一切が配給制になり、切符を支給されて求めるようになったけれど、誰もそんなものではやっていけないので、田舎へ、農村へ物々交換に走るようになった。それは〝闇〟行為ということになるので、買出し列車や電車にはしばしば〝経済巡査〟が見回りにくることとなったが、巡査そのものが〝闇〟をやらないことには生きていけないのだから、満員電車のなかをかきわけかきわけやってくるときの彼らの眼には焦点がなく、遠景を見ているのでもないが近景を見ているのでもない、奇妙な視線を持っていた。やるほうもやられるほうもおたがい納得ずくではあるのだが、それでもどこかで、ケーザイやでェ、ケーザイが来たでェという叫声があがると、顔色変えて立上らねばならないのだった。せっぱづまってしばしば窓から米やイモのつまったリュックサックを投げる人が続出した。同時に逃げようとあわてるために線路に落下して死んでしまう人もあった。茶褐色に錆びた線路の小石に散らばる薄桃色の柔らかい脳漿の破片や肉の袋となってしまった異形を何度となく目撃した。

御飯は急速にまぜ飯となり、はじめのうちはイモ、フキ、マメなど、まともで風雅なものであったが、そのうち米そのものがなくなってきたので、手あたり次第の物をまぜるようになった。おかずは肉や魚がたちまち姿を消し、ヨメナ、ノビル、ハコベ、イモの葉、イモの蔓など、七草粥が常食となった。朝日新聞と主婦之友はそれらの野草にどれだけヴィタミンや栄養が含まれているかを日夜書きたて、肉の脂肪と蛋白の過食のために鬼畜米英人がどれくらい病気に冒されているかを書きたてた。食べられる野草についての観察ということなら、あらゆる家庭の主婦とその息子の中学生たちはたちまち本草学者そこのけの観察眼と料理法についての経験を持つようになった。中学生は母の眼のないところならどこでもいつでもお水取りに没頭するのだが、カナリアの餌くらいのものしか食べないのに出してくれ、出してくれとせがむ欲求はとめどがないので、この算術計算は成立のしようがなく、考えつめたあげく、〝人体の神秘〟ということにしてしまった。これはどう考えてもわからないことであった。ろくな物も食べてないのにお水はとってもとっても、とればとるだけいよいよ出たがるのだから、ひょっとするとこれはバカにしきってるはずの朝日新聞や主婦之友の記事が正しいのかもしれないなどと、考えることすらあった。

はじめのうちは近郊の農繁期の村へ出かけて田植えや稲刈りやイモ掘りなどをやらされ、また、駅で電車に客をつめこんだり、剝ぎとったりなどもやらされたが、これは〝手伝い〟であった。つぎには強制疎開させられて無人になった家屋をロープでひきずりたおしたり、貯水池を掘ったりする仕事であった。こうなると、もう、〝手伝い〟ではなくて、一人前扱いだった。飛行場の滑走路のよこにイモ畑をつくる仕事をしたこともあるが、そのときの兵隊の話ではこのイモからアルコールをとって、それで飛行機を飛ばし、B29を迎撃する計画だとのことであった。イモ焼酎で戦闘機を飛ばそうという大胆な構想だけれど隊長たちは真摯な顔をしているので笑いころげるわけにはいかなかった。和歌山の山奥へつれていかれたときには毎日毎日切りたおしたばかりの松を肩にかついで尾根をこえ、峠をこえ、火薬庫の横穴壕を掘らされたりもした。最後には八尾《やお》の操車場へ配属され、ここがもっとも長期になったが、一日に何十輛、何百輛と入ってくる貨車を切ったりつないだりの突放作業をやらされた。行先別に貨車を一輛ずつ切りはなしてそれぞれの幹線へ入れ、ついでそれらを全部連結して列車に仕立てて送り出す作業である。機関車が突き放すと貨車が一輛ずつ線路を自走してくる。それを待ちうけて踏台に飛び乗り、ブレーキをかけつつ、前方で待ちうけている貨車に嚙みつかせるのである。右手で手すりにぶらさがり、左手でブレーキのピンをはずし、つぎに両足かけてブレーキのはしに乗り、体重で反動をつけてなるだけ下へブレーキをおろす。おりきったところでもとへ跳ねかえろうとするのをすかさずピンを穴へおしこんで止める。それで車輪にブレーキがかかって貨車は速度を落し、ゆるゆるおとなしく走って前方の貨車の連結器にがっぷりと食いつくというわけだが、小鳥の餌に似たものしか食べていない、栄養失調気味の、非力な中学生のすることだから、貨車はいうことを聞いてくれなかった。しじゅう線路ぎわへはたき落されるのだったが、そこへつぎの貨車が走ってくる。うっかり手や足が線路にかかったままになっていると、一瞬に車輪で切断される。ことに雨の日はつるつるすべるので危険この上なかった。事実、あと数センチ狂っていたら、といいたくなる危機が何度かあった。

全速で回転する独楽《こま》は澄みきった朦朧と肉眼に映り、止まっているように見えるが、鼻のすぐさきを擦過していく貨車の車輪は回転しているのに錆や、筋や、粒が一つずつくっきりと目撃でき、耳には何の物音も聞えない。恐怖をおぼえるためにはなにがしかのゆとりが必要だが、しびれてしまうと、一瞬の静寂があるだけで、眼でまじまじと事物を眺めるだけである。真に切実な一瞬が通過して関係が分解してから、恐怖は登場し、いきなり耳と全身のあちらこちらで音をたてはじめる。瞬後に想像が羽音をたてはじめ、手や足がふるえだす。

叔母は祖父といっしょに福井県に疎開した。二人の妹はそれぞれ別の村へ学童疎開した。母と二人きりで暮すことになったが、ほとんど日曜ごとに買出し電車に乗って近郊の農村へ物々交換に出かける。母は簞笥をあけてみたり、しめてみたり、和服を一着ずつとりだしては迷って簞笥にしまいこみ、しばらくするとまたそれをとりだし、これは歌舞伎座へ忠臣蔵を見にいくときにお父ちゃんが作ってくれはったんや、その帰りに心斎橋で八宝菜を食べたんや、その八宝菜にはタケの子も入ってたし、シイタケも入ってたデ、ギンナンも入ってたんやデ、酢《す》っぽうて、甘うて、とろんとしてて、あのとろんは何で作るんやろか、カタクリ粉やろか、メリケン粉ではないとはわかるけど何やろな、やっぱりカタクリ粉やろか、カタクリ粉やろな、そらもうそうでないといかんわ、カタクリ粉は水でとくのやろか、いや、ちょいぬるのお湯やろな、そらもうそうにきまってるわ……とめどないひとりごとに熱中し、やがてしぶしぶ決断してリュックにつめこむのだった。近郊の農家の物置き小屋へいってその和服をわたし、かわりにシャベルで一すくいか二すくいジャガイモをリュックに入れてもらう。農民はうんざりしながらも傲然とした顔つきだが、いまこそキザな都会人に一矢報いてやるんだという陰気な歓びを露骨に眼にさらけだしている。母はぺこぺこ頭をさげて下手なお世辞をならべ、シャベルのすくい洩れの小さなイモ一個もすかさずかけよってリュックにちゃっとほりこむ。泣訴でのたうつばかりになって手放すことを思いきめた訪問着だが、それをぬきとると箪笥はガタガタにからっぽになるのに、農家の小屋でジャガイモをシャベルですくっても、毛を一本か二本ぬいたぐらいの変化しか起らないのである。毎度これをまざまざと目撃するたびに、いいようのない無力感におそわれ、いてもたってもいられなくなるのだ。まぎれもなくこれは手の人と頭の人の闘争であり、つねに手の人が勝ちっぱなしである。それはきわめて当然のことと感知されるのだが、暗い家の箪笥はもうからっぽに近いのだし、何着も和服はのこっていないのだから、それがなくなると、どうなるのだろうか。何を食べたらいいのだろう。それを思うと全身に冷寒がしみわたり、腸のすみずみまで冷えて暗くなり、何か声をだしたくなる。

　リュックを背負ってよろよろと農家から這いだし、春遅い水田や畑のよこの野道を歩いていく。むっちりとやわらかくて豊満な日光のなかを汗にまみれて歩いていくと、あちらにもこちらにも肥え溜めがある。熟しすぎて緑色の水となってしまったのもあり、むんむんと旺《さか》んな醱酵の匂いを発散しているのもある。そのまわりにはみごとなヨメナやハコベが育っている。栄養過多で茎で葉が支えきれなくなっている。それくらい葉の肉が厚くて、重くて、むっちり肥えているのだ。さっそくかけつけてしゃがみこみ、遠いヒバリの声を聞きながら、一心不乱になってむしり、むしってはリュックに、むしってはリュックに入れる。母はとめどなくぶつぶつとおしゃべりをし、これがホーレン草だったらどんなにいいだろうかといいだすのである。これがみんなホーレン草だったら、お鍋にお湯を沸かして、そこへザブッと入れて、いいころかげんであげるんや、つぎにつめたい水で冷やすんや、それからきちんとそろえて、切って、おひたしやね、そら、もう、ホーレン草はおひたしにきまってるワ、そこへ三杯酢をかけるか、それともお醬油だけにするか、チリメンジャコをかけたらええか、ノリの手もみをかけたらええか、カツオ節をかけるんなら削りと粉とどちらがええやろかね、そや、思いだした、チリメンジャコよりちょっと大きいめのシラスの蒸したん、あれがええなあ……そのうちに突如としてだまりこむ。しばらく何もいわないで、ふくれて、うつ向いたきりになっている。そして、ふいに声たてて泣きだすのである。若い娘のような声をたてて泣きだすのである。お父ちゃんが生きてはったら……という。ただそれだけを繰りかえし、繰りかえし、子供のように泣くのである。

しばらくそのままにしておいてから、まぎらすために声をあげて歌をうたう。明治時代に大和田《おおわだ》建樹《たけき》が作詞した『日本陸軍』はこの頃になると中学生たちに鼻であしらわれ、替え歌でしか歌われなくなっている。

天にかわりて
不義を討つ
忠勇無双の
わが兵は
……

これがつぎのようになった。

天井に、金槌
釘をうつ
チューチュー
ネズミの運動会
……

母はぎょっとなって泣くのをやめ、顔をあげてあたりをきょろきょろ眺め、おびえ声で、あんた、そんな歌、やめときや、ひっぱられるで、憲兵隊にひっぱられるデと、つぶやく。涙と洟汁で小さな顔がくしゃくしゃになっているが、泣くのだけはとまっている。重いリュックを背負い、親も子も猫背の前かがみになり、とぼとぼと畦道づたいに道へでていく。栄養失調で立ちぐらみがし、視野が暗くなって、無数の小さな星が、眼華が、キラキラと輝やきつつ、右に左に飛び交う。

どの家の戸口にもバケツ、砂、火たたきがたてかけてあり、防火用水槽があり、防空壕がある。どれもこれも焼夷弾に備えてのことである。それらを見ると焚火を消す以上の仕事ができるとは思えないのだが、焼夷弾が、黄燐、油脂、エレクトロンの三種とも、どれだけの火力を持つものなのか、まだ見たことがないので、朦朧とした不安が漂うばかりで、とらえようもないし、口ごもるだけである。火たたきの藁をまず水につけて十分濡らしてからかかるんだとか、火力のはげしいときに水をそそぐと水中の酸素が分離して燃えるのでかえって火勢をつよめる結果になる。そういうときはバケツで砂をすくってかけるといいなどと教えられる。防空壕は四角い穴を掘って、それに竹や棒を何本もかけわたし、その上にムシロを敷いて土をかぶせただけのものだが、上に乗って二、三度、足でトントンやると、たちまち天井が抜けてしまいそうである。冬の風をさけるためならその中にもぐりこめば何とかなりそうに思えるが、焼夷弾や爆弾にたいしてどれだけきくのか、これまたおぼろな不安をおぼえるだけである。どれもこれもイモ焼酎で戦闘機を飛ばそうという構想の類ではないかしらと思えるのだが、イモ焼酎自体はアルコールなのだから、まだしも現実的であるように思われる。燈火管制で電球を黒布でかこった、まっ暗な、老人の口のように大きくてうつろな家の中で『モンテクリスト伯』を読んでいると、全身を冷めたい泥水に浸したような、さからいようのない恐怖にじわじわとしめつけられる。焼きつくような空腹感がそれをまたあおりたてるので、いてもたってもいられなくなる。いくらでも手に入るのは水道の水だけなので、やたらに飲むのだが、右から左、左から右へと寝返りをうつと、そのたびに腹が水筒のような音をたてて鳴るのだ。その音を聞くともなく聞いていると、不安、恐怖、飢餓、すべてが体内の底なし穴に吸いこまれていきそうで、かえって恐しくなり、いっそあてどなくいらいらしているほうが力を感じられて安堵をおぼえる。耳は体内にも音があるのだということを知って、まざまざおびえた。

そのうちに警戒警報と空襲警報がでたらめに鳴るようになった。ケーカイが鳴ってしばらくしてからクーシューが鳴るはずのところを、いきなりクーシューが鳴りだしたり、ときには米軍の艦載機が去ったあとになってから鳴りだしたり、まったくあてにできなくなった。しばしばケーカイもクーシューも鳴ってないのにふと眼をあげるともうそこに戦闘機が機首をさげて肉迫してくるのが見えたりすることもある。操車場は重要軍事施設と見られているからしじゅう狙われる。爆弾は落さないけれど機銃掃射をやられる。操車場は広大だし、いたるところに貨車があるのでそのかげにかくれることができるし、時間があれば一目散に走って地下道にかけこめばいい。暗い地下道の中から外を眺めていると、戦闘機が超低空で水田をかすめていくのが見える。そのずんぐりした機体は満々たる精力にみたされ、ほとんど稲穂を腹でこすらんばかりの低さですべっていくのである。機首に牙をむきだしたサメや、吼えるトラや、ポパイなどが色鮮やかに描いてあるのが見える。窓ごしにパイロットの横顔が見えることもある。風防眼鏡にかくされたその顔は彫像のように不動で寡黙だが、頬に夕焼けのように明るい血色がある。弾丸を惜しみなく、ふんだんに、唾のように吐き散らしつつ機は飛んでいく。一回だけだったが、ある日、逃げ遅れて、水田にとびこんだことがある。警報が鳴らなかったから発見したときはすでに手遅れだったのである。機は頭をさげ、斜めに傾き、円周をすべるようにして肉迫してきた。水田にとびこんだけれど、泥が深く柔らかくて、足を呑みこみ、あせってももがいても、走ることはもちろん歩くこともおぼつかなかった。心臓がはためき、汗がふきだし、眼がうるんだ。プロペラの音や空気の渦流の音を耳は聞いたはずだけれど、耳から侵入した圧力で体が四散しそうだった。泥水のなかに全身が倒れた瞬間、物体が頭上をかすめた。パイロットの顔がちらと見えたが、その薔薇色の若わかしく柔らかい頬は笑っていた。

　焼夷弾の落下する音は夜の防空壕の中で聞いた。これは〝敵〟の姿をまったく目撃しない戦争だったので、耳で知るそれであった。しめやかな土と水の匂いのこもった、暗い穴のなかにしゃがんでいると、夜空を非常な重量のある異物が鋼線を伝うような音をたてて落ちてくるのである。これは〝モロトフのパン籠〟と呼ばれていたが緑色の六角形の金属筒をいくつとなく金属ベルトで束ねてある。澄んだ、甲ン高い、長く長く尾をひく唸りが空をひき裂いて落ちてくる。その音を聞くだけで叫びたくなる。咽喉《のど》に玉がつまったようになる。音は体内に充満し、あらゆる方向に突進し、体外へとびだそうとして沸騰する。爆風を浴びたときに口を閉じていると内臓を破壊されたり、鼓膜を破られたりするから、口はあけておけと教えられたことがあるが、炸裂も火も爆風もないのに落下音だけで兇暴な狂気に襲われ、頭で土壁を掘ってかくれようとじたばたしつつも、咽喉のヒステリー球で窒息しそうになる。口をあけずにはいられない。

「米《べい》さんやでェ、来たでェ」

誰かが叫びながら走っていく。

「ほんまもんやでェ、ほんまの空襲やでェ」

声は頓狂だが必死である。

〝敵〟の顔も体も見えないけれど、この夜に徹底的に成熟したそれが耳からなだれこみ、一瞬のうちにさまざまなものを粉砕しつつ体内を走りぬけた。何が砕かれ、何が砕かれずにのこされたのか、まさぐりようがない。たって歩けないくらい全身が疲労したが、夜も空も傷だらけになってしまった。

ある夏の日にそれはふいに去った。

＊

正午すぎに駅長室でラジオ放送を聞いた海野先生は二階の仮眠室へあがってくると、ごろごろしている生徒を整列させ、日本はポツダム協定を受諾することになった、無条件降伏をすることになった、戦争は今日で終ったのだと告げた。話をしているうちに先生は体をふるわせ、声をふるわせはじめ、とめどなく涙を流した。先生は顔をきっとたて、涙を流れるままにして、毅然とした姿態を保っていたが、声が涙に呑まれてあちらこちら損傷され、もぐもぐと口ごもり、だらしなくなったので、決然とした隠忍の別辞も老婆の愚痴めいた効果になってしまった。しかし、そのよれよれの声のなかにはまがいようのない真情が感知されたので、生徒は誰一人としていつものようにくすくす笑いもせず、ヒッともいわず、ヘッともいわなかった。生徒はみんな流涕《りゅうてい》している先生をどうしていいかわからないで、当惑したようにうなだれ、ときどき眼のすみでおたがいの顔を盗み見るだけであった。強打の一撃には痛覚が感じられないものだが、その一例であるのかもしれなかった。

先生は一同を率いて二階からおりると、駅長や助役に懇篤《こんとく》な挨拶をしてから八尾駅に向った。静穏すぎるくらい静穏な日で、空はすみずみまで晴れわたり、水田には稲の呼吸がみちて空気が暑くむっちりとふくらんでいた。先生は猫背でうなだれ、野道をひとりはなれてとぼとぼ歩き、ときどき手で涙をぬぐった。そして、ときどき、当時大流行の、帯芯《おびしん》でつくった頭陀袋《ずだぶくろ》から煎り豆をこっそりつまみだしては口にはこび、もぐもぐと噛んだ。善童、悪童、美童の一群はそのあとについて、やっぱりとぼとぼと歩き、おなじように煎り豆を食べてみたり、イナゴをつかまえて長い糸のついた木綿針で刺し通してみたりしたが、みんな口数が少くて、おたがいにはばかりあい、直視しあうのを避けあった。その緊張をほぐそうとしてか、列のずっと後方で柔道部の悪童が、ラーメチャンたら、ギッチョンチョンで、パイのパイのパイと声高く歌い、ついでにゲートルを空高く投げあげたが、誰も同調しないので、それきりになってしまった。

空のどこにもB29の航跡雲が見られず、警報のサイレンも鳴らず、ふいに音もなく低空飛行で肉迫してくる飛行物体もないので、心も筋肉も耳も重心を失ってしまい、この日の静穏と快晴と澄明は異様であった。またしても一枚の殻を剝ぎとられた感触があり、その暴力はしなやかで強力無比であり、徹底的であった。父の死以後にふたたびしっとり濡れた黒土から白昼へさらけだされた幼虫の不安と新鮮を全身に感じさせられたが、今度の殻はいささか異っていた。それは引剝がされて失ってからはじめてわかったのだが、空襲、機銃掃射、大火災、ねばねばした黒い雨、黒焦げの木材のような焼死体、火の熱と氷の冷えこみが交互に襲ってくる空腹感、農民の辛辣な意地悪の視線、母の泣声などによって二重、三重にかさねあわせ、たたきぬかれ、熔けあわされた結果としての、ごわごわの鎧であった。日常としてそれを着こんでいるときにはまったく知覚できなかったのだが、ぬいでみると、はじめて、その重さ、固さ、ごわごわが、異常さが、さとられるのだった。それを一挙にひきむしられたものの、ひりひりするような新鮮は感知できても、全心身をのびのびとゆだねられるような底深い安堵感はどこにもなかった。ひとかけらもなかった。やすらぎつつおびえつつ、そよぎたつような新皮でイナゴをさがしつつ野道を歩いていくしかないのだった。もちろん家へ持って帰って食べるためにである。バッタはだめだが、イナゴはおいしいのである。ロートレックは〝野原のエビ〟と呼んでいる。

〝新皮〟という感覚は和歌山の山中で横穴壕を作るために動員されていたときに入手した。このときは毎日毎日、伐採した松の丸太を肩にかついで汗みどろになって尾根を越えていく労働をやらされたのだが、お寺で兵隊といっしょに合宿したものだから、たちまちインキンと田虫をもらってしまった。これらの微生物は猛烈としかいいようのない食慾で膚に食いこんでくる。小さな点に根拠地ができると、そこから出発して四方八方に発達し、征服した部分の皮膚はことごとく変質してカサカサの古紙のようになる。まるでアザのようになる。前哨線はつねに柔らかく、つねに膿んで、熱を持ち、汗をかいたあとや食事のあとではたまらない痒《かゆ》さになる。思わず爪でバリバリとひきむしりたくなるのだけれど、それをこらえて爪のさきで用心深く白い粉だけ掻きおとすようにする。そうするとカサカサの古皮の下から、ういういしい薔薇色の柔らかい皮があらわれてくる。これは痛いたしいほど新鮮で艶っぽく、そしてみずみずしいが、痒さでうずうずしている。これを爪でやりたいままにひッ搔かないで、全身がふるえそうになるのをこらえ、こらえにこらえ、ゆるゆるとドラム罐のお湯のなかに体を浸していくと、湯がその部分にしみこんだ瞬間、全身を異様な量と質の快感が突進し、よろけそうになる。あまりのことに失神しそうになる。ざわざわと寒くなり、視野が狭くなり、蒼暗くなり、のけぞりそうになるのだ。例の悪い手の歓びはやめられそうにないけれど、深刻、痛烈、徹底的ということではとてもくらべものにならない。

その日一日だけはきわだった明澄と空無で記憶のなかにのこっている。いつまでも輝きと静穏が損傷されることなくのこっている。四十年たってもやすやすと思いだすことができ、全容を構成することができる。それ以後の日々と歳月になると渚にうちあげられた無数の破片のような記憶がのこされているだけである。知覚もできず、喚起もできなくなったことに焦躁や不安をおぼえなくなってもきたので、朦朧の流亡とでも呼ぶしかないのであろう。それでいて静謐で澄明な諦観のなかに安住できているわけでもないので、凡下《ぼんげ》はやっぱり凡下でしかない。50度の酒精を生《き》のままちびちびとすって心の陰火のゆらめきにそそのかされて連想の飛躍にこころを托したいのだが、これまたしばしば空白に墜落してしまい、這いあがろうにも手と足をどこにかけていいのかわからない。

その年の夏いっぱいは焼跡の整理に狩りだされたり、兵隊たちが自暴自棄で徹底的に雲古で埋めつくしてしまった校舎を清掃したりで終ったが、秋に入るとようやく教室にすわれるようになった。しかし、台風がくると、教室の窓という窓は破られているので風と雨が吹きこむままになり、教室のまんなかには小さな池ができたくらいであった。教科書に墨をぬって軍国主義的要素を抹殺し、残った部分を先生が教壇から昨日までとはまったく異なる文体でつかえつかえ教えるという事態も発生したが、頁《ページ》に墨を塗るのは生徒がめいめい夜ふけの家で命令のままにやることであるから、生徒はその文章を全部読んで知ってるわけであり、それを翌日、学校へ持ってきて先生に残存部分をへどろもどろの口調で解説されても、奇妙にちぐはぐであった。のみならず、先生も生徒もおなじように栄養失調なので、あちらこちらの教室でよく先生が授業中に失神して倒れたりした。そのことを口さきだけで毒笑する悪童は何人もいたが、その悪童自身も空腹でへろへろになっていて、いまにも卒倒しそうなのだった。

白く、明るく、清潔で、ひっそりしていた町に、しばらくすると、あちらこちらからもどってきた老若男女の姿があふれるようになり、ふたたび町は罪のないバカ話をすることで暮していくようになった。すぐお隣りの美章園までが焼夷弾を浴びせられたので、戦争がもう二、三日つづいていたら、きっとこのあたりもやられていたにちがいないと、人びとは素人軍談をいいかわしてよろこびあうのだったが、それには隣人の不幸をよろこぶ露骨な気配が同情のなかにありありとあふれていた。そして女たちは、主として主婦であるが、アメリカ兵が進駐してきたら女と見ればきっと一人のこらず強姦してまわるにちがいないから、そうなれば青酸カリを呑んで自殺するのだと隣組の常会で誓いあうのだった。母はそれに出席してひそひそ話を聞かされ、町医者がそれに同調して、牛を何頭となく殺せるくらいの青酸カリの用意はありますからみなさん安心して下さいといったと、ほのぼのした顔で告げるのであった。母は本気でアメリカ兵が強姦魔であると思いこんでいるらしき気配であったが、朝日新聞や毎日新聞が数年にわたって、毎日毎日、〝鬼畜米英〟を報道しつづけ、ひたすらそれだけを報道しつづけてきたのであり、草の人びとはそれだけを読むしかなかったのだから、迷蒙は晴らしようにも晴らしようがなかった。栄養失調で皺くちゃになった、小柄な母がモンペ姿になったところは、どう見ても男とも女ともつかないのだが、それでも母は強姦されると思いこんでいるらしく、ただますかきだけでいくらか〝男〟にめざめただけの眼で見ると、まさかこんなのをと思いたいのだが、何しろアメリカ兵については〝鬼畜〟の報道しか脳にたたきこまれていないのだから、ひょっとしたらひょっと……などと思えてきたりする。不思議なのは母の顔で、アメリカ兵に強姦されるくらいなら青酸カリ呑んで死んだるねン、というとき、眼も声も切迫して低音なのに、奇妙に少女のようなはずみと昂揚が目撃されることだった。

その年の秋から冬にかけておびただしいシラミとノミが発生した。中学校で朝の体操をしているときに友人のシャツの首もとを永遠といいたい弛緩さでむっちり灰白色に肥ったシラミが歩いているのを見たことがあるし、銭湯の薄暗い脱衣場で籠からノミやシラミがこぼれたのも目撃している。祖父と叔母が疎開先の福井県から引揚げ、二人の妹がそれぞれの疎開地から引揚げてきて、それでしばらくぶりに家族全員が一族再会ということになったのだが、妹は二人とも頭髪に毛ジラミをわかしていた。それを日のあたる縁側《えんがわ》につれだし、新聞紙を敷いて、母がどこからかさがしてきた目のつまった櫛で髪をすいてやると、バラバラと音がするくらいの数の毛ジラミが落ちてきた。しかも二人とも、どういうものか、やせこけているのはわかるとしても、まるでお猿の子のように首すじ、肩、腕、足などにもくもく毛を生やしているのだった。母はこれを目撃して説明に困り、女の子は豆や芋ばかり食べるとこんなことになるねゝといったが、かの朝日新聞や主婦之友でもそんな記事は読んだことがなかったので、そうなのだと思っておくしかなかった。そして、毎夜毎夜、シラミとノミの猛攻にさらされ、とぼしい血を吸いたいままに吸いとられた。彼らはシャツの縫い目に沿ってギッシリと卵を産みつけ、つぶしてもつぶしても、とめどなくわきだしてきた。

満員ギュウ詰めの買出し電車につめこまれ、人の体とリュックサックにはさまれて立ったままで眠るということをいつとなくおぼえたが、シラミとノミを夢うつつでつぶしつづけるうちに、いちいち電燈をつけなくても、眼を閉じたまま手さぐり、指さぐりでつぶすことができるようになった。動作のにぶいシラミはもちろんのこと、ピョンピョン跳ねまわるノミを眠ったままでとらえてつぶすのもそれほどむつかしいことではなくなった。そんなことでつぶせる数はたいしたものではないので、たえまなく彼らが這いまわり、刺しまわり、吸って歩くために、体は痒さをこえて、発熱したようになり、ときには焦躁のあまり叫びたくなることがあった。川でひろってきた石を七輪の火にかけてあぶり、それを古毛布でくるみ、コタツがわりにして抱いて寝るのだが、たちまち冷えてしまう。フトンの外の冬の夜は凍りつきそうなくらい冷めたいのだが、フトンの中では無数の毒虫に嚙じられて体じゅうがイボに蔽われたようになり、火照って膨脹し、寝返りばかりうって、まんじりともできない。蜂蜜は人体の内部で一滴のこらず吸収されるので完全食品と呼ばれるらしいが、ノミやシラミはそれにも似た栄養液をほしいときにほしいだけ吸いとり、手も使わず、料理もせず、つねにできたてのほかほかとあたたかいのを歯を使って嚙むということもしないで呑みこむのだから、これはひょっとしたら全生物界の貴族中の貴族であるのかもしれない。人が彼らを憎んで蔑むのは嫉妬からかもしれないなどと、考えこまされた。彼らがもし花や果物にたかったなら蜜蜂とおなじくらい尊敬されるはずだから、たまたま食卓が人体であるばかりに憎まれるのだなどと、痒さにうなされながら思いめぐらす。

〝絶糧状態〟といってよい状況は敗戦後も容赦なく続行されたが、行路病者、瀕死者、餓死者の姿があちらこちらの駅や公園に見かけられるようになったのが、特徴であった。それもいい体格の男でそうなるのが多いという事実におびえさせられた。死体はこれまでに空襲の翌日に小学校の校庭や講堂などに並べられているのを何度となく、何人となく見てきたので、異形には慣れているはずであったが、地下鉄の天王寺駅の暗いすみっこに毎日のようにころがっている異物には、上潮《あげしお》のようにひたひたと足もとに迫ってくる恐怖をおぼえさせられた。恐怖は全身を冷めたく浸し、あたたかい血を追いあげ、とらえようがなく、茫然となるばかりであった。孤独でしびれてしまいそうになる。一人の駅員がある日、通りがかりに乱髪をつかんで顔をあげさせ、ついで手をはなすと、顔は暗い水たまりに音たてて落ち、そのままぴくりともうごかなかった。駅員は慌てても騒ぎもせずに去っていったが、重い石が落ちるような、その、ごとんッ、というひびきが耳に入ると、たまらなくなって駈けだした。男に捨てられかかっている女の声がはじめて出会う不幸として耳から入ってきたのだったが、災禍と孤独もまたこの小さな器官から入ってきた。それは一瞬のうちに乱入して全身を占め、したたかな古木のように深く広く根を張りめぐらして、聳《そび》えたった。

＊

祖父が、おそらくは爪と汗でとでもいうしかあるまい努力で一生のうちに獲得したものは、たちまち霧散してしまった。農地解放令で福井にあった田畑が消えて不在地主でなくなり、株券その他の有価証券は一夜で紙屑となり、銀行預金は焼夷弾なみのインフレで消えたから金利生活者でもなくなった。そうなると何軒かの家を一軒ずつ売るしかないので、それは最後の防壁といえばいえたけれど、これまた日光を浴びた氷柱《つらら》のように消えていったから、家主でもなくなった。不在地主、金利生活者、家主、祖父が拳だけで築いた三枚の壁は三枚ともたちまちとけてなくなり、たった一軒のこった、まっ暗でがらんどうの家のなかで、みんな茫然として、影に犯されつつ寝たり起きたりした。何かが消えるたびに母は暗い部屋のすみっこで祖父と小声で話しあい、祖父は何をいわれてもただすわりこんで背を丸めてうなずくしかないのだったが、すべては眼の高さでありありと目撃できた。そのたびにとらえようのない不安と恐怖が冷めたく腹にさしこみ、いてもたってもいられなくなるのだが、どうしようもない。何が、どれだけ、どういうぐあいに消えたか、正確なことはわからないが、わかったところでどうしようもないのだから、両手をぶらさげて眺めているしかなかった。

大小を問わず駅という駅には闇市ができ、日に日に盛大をきわめ、米、野菜、魚、油、醤油、味噌、何もかもが、まるで魔女の杖の一振りのように出現し、つい昨日までの清浄と空無が氾濫と騒擾にとってかわられた。それはサーカスがやってきたような栄養と猥雑と活力の開花であり、噴水でもあった。あちらに闇市ができた、こちらに闇市ができたと聞くと、どんなに長距離でもてくてく歩いて見物に出かけずにはいられなかった。

そして人ごみのなかを大人のごわごわの肩や、背や、腕や、腰にはじかれてよろよろしつつ歩きまわり、煮込みの大鍋の匂いや大福餅の焦げる匂いで失神しそうになりながら、いちいち見てまわった。買ったり食べたりする人よりただ見物してるだけの人の数のほうがはるかに多いこと、それがみんな一人前の大人であるという事実にはかない安堵をおぼえることもできた。老、幼、男、女、強、弱、高、低いっさいにけじめがつかず、誰も彼もがおなじように萎びていることにもはかない安堵が感じられた。そのたまゆらの安堵のなかで焼肉のはげしい匂いや大鍋の脂っぽい泡のはじけなどにそそのかされて昂揚や墜落がこもごもに起り、それについていくだけでへとへとになった。十七歳ぐらいの小娘がゴム長をはき、ぐらぐら煮たった大鍋をたたきながら、テキ屋の早口でひっきりなしにしゃべりまくり、こんなブッカケ飯一杯も食えないでそれでもあんたらきんたまぶらさげてるといえるのんかいな、がしんたれ……恍惚または朦朧となったまなざしで、ただ脂泡の旺盛な明滅を眺めるきりで、一歩も踏みだせないでいる父親ほどの年齢の見物人たちをその娘は口をきわめてののしり、白い咽喉をそらせて哄笑し、石油罐一杯にふくれあがった札束をグイグイとゴム長で踏んでおしこむのだった。眼をキラキラ輝やかせたその放埒と昂揚には、アナーキーの純粋と歓びがあって、見とれずにはいられなかった。眼が熱狂しながら混濁していず、どこか青く澄みきっていて、辛辣と優しさが輝やいているのである。

しかし、家にもどると、鬼の一瞥と顔をあわさねばならない。夕食に母はローソクか豆ランプをともしてザルにイモを盛って出すのだが、さきを争って手がのびる。祖父、母、叔母、二人の妹、みんなが手をつきだしてめいめいふかしイモをひったくりあうのである。誰が誰よりも空腹なのではない。誰しもがおなじなのである。そうせずにいられないからそうするまでなのである。それもみんなわかりきっている。しかし、とぼしいローソクの灯のゆらめきのなかで、ふと、母や妹の眼を見ると、爛々と輝やいていて、そのすさまじさには思わずのびた手がひるんでしまう。しかし、母はこちらの眼を一瞥してひるみ、妹は叔母の眼にひるみ、たがいに相手のひるみかたを見て自身の眼にある何事かを知覚してひるまずにはいられない。自身も食人鬼の眼をしているのだとさとらずにはいられない。しかし、それでもイモには手をのばさずにはいられないので、おずおずモグモグしながらも、やっぱりちょっとでも大きいイモをつかもうとする。みんなが栄養失調に陥ちこんでいて、そのこともわかりすぎるくらいわかっているのだが、体力がないためにほとんど一日中、朝から寝たきりでいる、メダカみたいにひよわな末妹までが、このときばかりは精悍そのものの爛々とした眼になるのである。眼そのものになってしまって、肩も、胸も、胴も見えなくなる。とたんに母が声をあげて号泣しはじめる。おとうちゃんが生きてはったら、というのである。そういって手にイモをつかんだまま食卓に俯伏せて号泣する。油気のないパサパサの髪を乱し、肩をふるわせて泣きじゃくる。それを見てみんないっせいに眼をそらし、涙を流し、もぐもぐ口のなかでつぶやいて、ひとりずつ席をたっていく。祖父は終始だまりこくったきり、老化した頑強な掌で巨大な禿頭を撫でるきりで、うなだれている。涙も落さないが、慰めも口にしないのである。手をのばして娘の肩を叩いてやることもしない。彼の隠忍と辛苦の生涯はゼロからはじまってゼロにもどったが、骨太の背を曲げてうなだれているきりである。何かのはずみに孫と眼があうとはにかんだようにうろたえてそっぽを向く。ローソクのゆらゆらした光のなかではその影は何かの謎のように感じられた。

二階の自室にあがって寝ころんでいると、闇のなかで空腹感が襲ってくる。きりきりと刺しこむような痛苦がある。毛布かフトンに抱きついてゴロゴロころがりまわるけれどおさえきれないので、すみっこにころがっていって体を丸めて壁におしつける。そうやって耐えているうちにやがて全身が熱くなり、汗でぐっしょりになる。肉が骨から浮き、皮膚が火照ったまま膨満し、胃の苦痛が全身にひびいて、頭に走りつめ、叫びだすか、たちあがって壁に頭をぶっつけたくなる。この苦闘をつづけて忍耐と暴発の一点をまさぐりつづけるうちに、つぎには冷寒が襲ってくる。全身がざわざわと音たてて冷えこみはじめるのである。いまのいままで発熱しきってふくらみきっていた皮膚と肉、それからまさぐりにくいけれど確実に手ごたえのある、あらゆる内臓が一個ずつ、それからそれへと冷えて収縮しはじめるのである。さきほどまでの毛布のなかの叫びだしたくなるような熱にかわって、冷暗が全身のあちらこちらにしみこんでくる。たいていこのあたりにくると苦闘にくたびれてしまってウトウトと眠りたくなってくるのだが、何かのはずみでそれをとりはずして体を眠りに持ちこむことができないと、徹夜になる。凍えるような冷暗に全身を占められつつ、指一本もうごかせないで、つぎからつぎへと明滅する、このうえなく強力で、これほどはかないものはない想像と遊んだり、そそのかされたり、たたかいあうのはつらいことであった。その頃にはじまった中毒症状に近い乱読癖のために無数の本の主題や一言半句の、つぎからつぎへとわきだすノミやシラミの大群にも似た、気まぐれそのものの明滅と跳躍にゆさぶりたてられるままに、よこたわっているしかない。

どこにいても眼を感じさせられる。天井か壁のどこかに眼がある。凝視されているようでもあり、ただそこにあるだけのようでもある。狙われているようでもあり、そうでないようでもある。母のそれであるようだが、妹のようでもある。後頭部の耳のうしろあたりに感ずることもあり、正面に感ずることもある。泣声や呟やきを思いだすたびにきっとそれはよみがえってきて、どこかそのあたりからまじまじとこちらを眺めるのだが、食事の光景を思いださなくても、満員電車のさなかでも、赤い荒野のような焼跡を歩いているときでも、おかまいなしにそれはあらわれてくる。微笑する人や考えこんでいる人を見てもいつその眼が爛々と輝やく穴に変るかもしれないと思うと不安でならない。その爛々には意味があるのかないのか、解釈できるものなのか、そうでないのか、それもよくわからない。きびしくて、しぶとく、ねばり強いその直視を感ずると、動作がひきつれて止まってしまいそうになる。家のなかで箸を持ちあげにかかってふとそのままになったり、町角を曲りしなにたちどまってしまいたくなったりする。物音を聞くことなく、ついつい、そうなってしまうのである。耳ぬきで眼があるのだ。闇市のすみっこで倦怠にまみれてドブのような顔をしてしゃがみこんでいるおっさんや、三つのタバコの箱をせわしく指さきでおきかえつつ、張って悪いはオヤジの頭などと口上をひっきりなしにしゃべりまくっているテキ屋の兄ィなども、いつ、あの、阿修羅の眼に変貌するか、知れたものではない。誰もが阿修羅であるらしいとは感知できるけれど、いつ、どうして、そうなるかは、まさぐりようがない。その変貌には予兆も音響もないし、いつ、もとの形にもどるかわからないし、それにも音がないから、いよいよまさぐりようがない。聞くことのできない激しい変貌というものもあるらしいのだ。

一も二もなかった。

＊

その年の秋のある夕方、二階でぼんやり寝ころんでいるところへ従弟《いとこ》がやってきて、電柱にパン焼見習工を求むという貼紙があったという話を洩らした。その場で体を起して家を出ると電柱をさがしにいき、貼紙にある番地をたずねていったところ、一軒のパン屋であった。パン屋といっても配給の小麦粉やトウモロコシ粉を客からうけとって政府の公定の数だけのパンを客にわたすだけで、つくるのはコッペパンとトウモロコシのカステラだけである。それ以外のパンをつくると営業停止になる。だから仕事はきわめて簡単で誰にでもできる。しかし電気が配給制になっていて一般家庭には昼だけ送電し、工場などの業務用には夜だけ送電されるから、パン屋の仕事はもっぱら夜である。夜のうちにパンを焼きあげてしまわないとイーストを入れて仕込んだ粉がバテて使いものにならなくなる。毎夜、徹夜仕事と思ってほしい。いつからでも来てほしい。今夜からでも。明日の晩からでも……

さっそくつぎの晩から働らくことにしたが、その秋と冬と翌年の春まで、そこで働らきつづけた。中学校から帰ると一寝入りして夕方を待ち、夜になるとパン屋へいって徹夜でメリケン粉をこねたり、それをパンに焼いたりして働らき、明け方に家へもどって一寝入りし、眼がさめると朝飯に自分の焼いたパンを食べて中学校に出かけるという暮しである。この仕事は愉しかった。家にいると夜はローソクか豆ランプなので辞書を繰ると眼がチカチカし、やがては頭痛になる。しかし、パン屋の電気オーヴンのそばに腰をおろすとポカポカとあたたかいうえに明るい電燈がついているので、いくらでも本が読める。そのうえ、いくらでもパンが食べられる。若い戦争未亡人のおかみさんの説明では公定通りに一コ一コのパンのグラム数をきめて焼いても、仕込んだ粉よりパンの数のほうが多くなり、きっとお余りがでる。だからいくらでもほしいだけ食べて頂戴。お家の人にも持って帰って頂戴。ただし、絶対このことは隣近所にしゃべらないこと。それから、けっして闇市へ売りにいかないこと。この二つさえ守ってくれたらいくらでもほしいだけパンは食べてもいいし、家へ持って帰ってもええワ、というのだった。そこで毎朝、自分の焼いたパンで形のいいのを選んで風呂敷に包んで持って帰ったが、家族は驚喜してパンにむしゃぶりつき、そのあとヒタと口を閉じた。

　夜昼のけじめなしに、また間断なしにひたひたと上潮のように肉迫してくる、あのとらえようのない、底冷えのする不安と恐怖は、深夜に汗みどろになってメリケン粉の大きな山と取組んでいると、一時、少くともそのあいだだけ忘れることができた。汗みどろで肉体労働をしているあいだ、眼と潮はどこか身近のそのあたりにたちどまってくれ、凝視しようともしないし、肉迫してこようともしない。メリケン粉の山から一握りちぎりとって秤にのせ、規定通りのグラム数を針がさすようになるまで、少しちぎったり、少しつけたしたりするのだが、これはたちまちマスターできるようになり、目をつむってちぎって投げても針がそのたび正確な数字をさすようになった。それをコッペパンの形にして鉄板にならべ、安全カミソリの刃で斜めに切れ目を入れ、卵白を水でといたのをハケで塗り、オーヴンに入れる。焼上るまで本を読んで待ち、時間がくるとオーヴンの蓋をあけ、火掻棒で鉄皿をひっぱりだし、パンを竹の大籠にあけ、つぎの鉄皿を入れる。これらの動作を間断なくキビキビとやることには心身ともに没頭できる強力で底深い魅力があった。指を通じてたえまなく物に触れ、その物の深くに自身を注入し、物の形を変え、まったくべつの新しい物にしてしまうことには、ほのぼのとした悦びをおぼえさせられた。パンも火掻棒も形のうちにとどまり、飼犬か手乗り文鳥のようにつつましやかで、従順であった。物は優しかった。手で触れられる、加工できる、自在に形と質を変えられる物は優しかった。

何キロの粉に何グラムのイーストと水を入れるかというのがそのパン屋の極秘の家伝

であるらしく、つねにおかみさん自身がやり、絶対に他人に触れさせようとはせず、教えようともしなかった。仕込みの時刻になるとおかみさんはどんなにくたびれて眠りこけていても、きっと起きだしてきて、蒼白い頬に乱髪を垂らし、どこからかとりだしたイーストをコップに水でといてメリケン粉にあけた。それがすむと、けだるそうに体をひきずって小部屋に消え、深夜の仕事がはじまるまで起きだしてこようとしなかった。そのあと塩を少しと水を入れて粉を練るのはおかみさんのたくましい長身の弟がやるのだったが、これはさほどむつかしいことではなさそうだった。とりたてて〝秘伝〟といえるようなことは何もないようであった。コッペパンをつくるコツはカミソリの刃の入れ方にあって、これが浅いようだとパンはイモのようにコロコロしてよく焼けない。深く刃を入れすぎるとパンが膨脹して破裂してしまい、焦げが起りやすくなる。おかみさんの弟に手をとるようにして毎夜毎夜教えてもらううちに、二ヵ月もすると、これまたマスターできるようになった。火掻棒を片手にオーヴンの蓋をあけたり閉めたり、汗まみれになって働らいていると、しばしば深夜のある一瞬、電燈が煌々ときらめきだすことがある。べつに電圧が上ったのでも何でもないのだが、自身の肩、腕、腰、肉、骨、汗などと身辺のオーヴンや、火掻棒や、壁や、古手拭いなど、すべての事物が融即しあうのである。そういう煌めきの瞬間が、忍耐に忍耐して働らいていくうちにきっとやってくる。それはかならずしも汗の果実としてのパンがオーヴンからとりだされて鉄皿から竹籠へ、音と、香りと、煙りをたててなだれこむ瞬間であるとはかぎらない。それ以前に起ることもあるし、以後に起ることもある。自身を追いたて、追いこし、顎が出るまで酷使することにもしぶとい悦びをおぼえさせられる。それは徹底的に肉の悦びであるはずなのに、どことなく、何故か、きわめて精神的でもある。肉だけの苦痛の悦びでもなく、精神だけの苦悩の悦びでもない。鉄皿の最後の一皿のパンを竹籠にあけるとき、朦々《もうもう》とした熱気と香りのさなかでよれよれになった体を火掻棒で支え、うるんだ眼で幾籠ものパンの行列を一瞥すると、古びて酸っぱくなった、暗い、熱い体内に、どこからともなくあたたかい、新鮮な血がほのぼのとさしてくる。

おかみさんはパンを何コでも持っていってかまわないけれど闇市に横流ししてはいけないと、きびしい眼でいった。しかし、おかみさん自身はお余りのパンを横流ししているようであった。二日か三日に一度、深夜をすぎて朝も近い時刻に、裏口をほとほと叩く音がする。おかみさんは火掻棒をおいて裏口へいき、ぼそぼそと何か呟やく。それに答えてぼそぼそと何か口ごもって呟やく中年男の声がする。しばらくするとおかみさんはもどってきて豆絞りの手拭いを姉さんかぶりにかぶって元気よく火掻棒をとりあげ、オーヴンの蓋をあけたてにかかる。狭い店内のことだからすぐ眼につくことだが、このぼそぼそ声の訪問のあとではきっと一籠か二籠のパンが消えるのである。けれど、それはいつもきまってほとほとと、ぼそぼそだけで終り、どんな男がそこに来ているのか、ついぞ目撃したことがない。ちょうど一夜の白熱的作業の終りに近い時刻だから、たとえ男が店内に入ってきてもふりかえって眺めるゆとりはないし、そんな気持も、毛頭ない。ただ、いつもいつも、夜とも未明ともつかない時刻にやってきてほとほととぼそぼそだけで消えていく男というもの。指紋も、声紋も、足跡ものこさないで現われた瞬間に消える、この種の男のことを〝闇屋〟とはまったく当然ながらうまく言ったものである。

　こういうパンの行方は全大阪に民族の宿営地といった形相で苔のように、水虫のようにはびこる白昼の闇市であり、見飽きるほど熟視した光景であり、誰ひとりとして怪しむものもない。しかし、あるとき、電休日か何かで店が休みになった日に、いつものようにあてどなくキタだ、ミナミだと、足にまかせてほっつき歩き、新世界のジャンジャン横丁へ入っていったとき、たまたま、ささやかながら見慣れない光景を見てしまった。ぞろぞろザワザワのくたびれきった難民の大群集が歩くなかに一人の中年男が兵隊服姿で片手に一コのコッペパンを持って佇んでいたところへ、もう一人の似たような姿の男が寄ってきて一声か二声、話しあった。すると男はさっさとパンを半分にちぎってあたえ、かわりに銭をうけとってポケットへおしこんだ。男は半欠けになったパンを手に持って佇んだが、まもなくまったくべつのもう一人の漂流物のような男がそれを見てたちどまり、一声か二声話しあって銭をだし、そのパンを買いとって消えた。何を見てもおどろくことはあまりないと思いこんでいたのだが、このさりげない光景にはあらためておどろかされた。さりげなさと切実さの融即ぶりに、いまさらのように、あの、パン屋で働らいているときに一時停滞している恐怖と不安が、ありありとよみがえってきて、足もとの砂を洗いくずし、胸もとへかけのぼってくるのが感じられた。うごくことだ、手と足を使うことだ、回転しつづけることだ、ひたすらそう思いつめて、そそくさと動物園の鉄柵に沿って走るように歩いていったが、上潮はたちまち頭をこえて追いこし、どこへいってもあの眼が先まわりしてじっとこちらを眺めている。

どこかでラジオが歌っている。

ゴンピンピン
ゴンピンピン
これは何だか
知ってますか

ノミが、山寺で
鐘ついた

＊

戦時中に一度、アメリカ兵の捕虜が働らかされているのを見たことがある。神戸市内であったか、それともどこか近郊の町であったか、思いだせないでいる。それがあまりにあやふやなので、ひょっとしたら想像視、幻視であるかもしれないと思えることもある。夏の夕暮れもとっぷりと深い時刻、あと半歩で夜になってしまう時刻の海に向って、上半身をむきだしの裸にした白人兵と黒人兵が、何人か、一日の労働を終ったあと、ゆっくりと歩いていく光景がある。長身のその体が、けだるいような、悠々としてるようでもあるしぐさで、長い腕をぶらさげ、ゆっくりと大股に海に向って歩いていく。めいめいが口笛を吹いているのだが、高くなり低くなりしながらもみごとな合唱となり、何かの水鳥の叫びのようにひびく。荒涼とした、大きな黄昏、暗い、広い海、突堤、材木置場、それらすべてを口笛は制覇してひびいている。その口笛だけが耳にのこっていたのだが、それから敗戦になり、三ヵ月か四ヵ月たち、ある冬の日、町を歩いていると、どこからかラジオが聞えてきて、その曲が流れてきた。電柱のかげに立止るともなく立止ってぐずぐずしていると、やがて曲が終り、アナウンサーの声が、いまのはセントルイス・ブルースという曲ですと、いった。

＊

ひまさえあれば家を出てあてどもなく、せかせかした足どりで、あちらこちら歩きまわっていたが、たちどまるとたちまちどこからか不安と孤独がおしよせてくる。それにいっそ全身で溺れてしまいたいこともあるが、狂気に近いその苦痛を思うと、じっとしていられなくなって、肩にのせたまま町へ出ていくしかない。追いつかれまい、追いこしたいという焦躁に駆りたてられて、一人前の大人のように、目標ある人の顔つきをよそおい、その足どりを真似て、駅の階段をせかせかとおりたり、のぼったり、町から町へ、闇市から闇市へ、ひたすら歩くために歩いていたのである。電車賃やバス賃を節約するためにもそうしなければならず、そうするしかないのでもあったけれど、膝がふるえてじっと立っていられなくなるまでに疲弊して家にたどりつき、寝床にものもいわずにころげこむと、不安、孤独、焦躁はやっぱりしぶとく耳のうしろや肩さきあたりにしがみついてはいるものの、遠い太鼓として鳴っているだけだから、よほど何かの大仕事をやりとげたかのような感動を抱いて毛布にとけこむことができた。

インキや、封筒や、便箋などを作る会社がサンドイッチマンを募集する貼紙を電柱にだしていたので、訪ねていったことがある。パン屋の電休日だったか。パン屋を何ということなくやめたあとだったか。番地をたずねたずねしながらいってみると、それは裏町の小さな会社で、工場と倉庫があるにはあるけれど、何の物音もせず、人の出入りもない、わびしくてしらちゃけただけの構築物であった。事務室があるにはあったけれど、机も帳簿も枯れきって埃りまみれであった。きれいに拭きこんであることは一瞥で見えるのだけれど、清潔にすればするだけいよいよみすぼらしく見える一例であった。その枯瘦《こそう》した事務室から建物とおなじくらいみすぼらしく萎びた一人の初老の男が出てきて倉庫につれていき、張りボテのインキ瓶を見せ、これをかぶって町を一日じゅう歩きまわってほしい、といった。薄いベニヤ板でぞんざいに作ったそのインキ瓶には底がないので、頭からかぶることができ、瓶の首に小さな横穴があって外を覗けるようになっている。胴に下手なペンキで社名が書いてある。一瞥しただけでめりこむような憂鬱がこみあげ、全身を浸したが、何となくひっこみがつかなくなり、いわれるままにおっさんに助けられつつインキ瓶をかぶった。肩にあたるところに横木がつき、それには柔らかい布が巻きつけてあって、肩を痛めないようになっているとわかった。膝から下が露出しているので自由に歩くことはできそうである。全体として重いことは重いけれどゆっくりと歩けば何とかなりそうである。ただし、首が固定されたままなので、正面を向いたきりで一日を暗箱の中で過さねばならない。

おっさんは眼の穴から覗きこみ、

「歩道をいきなはれ、坊《ぼ》ン」

といって消えた。

老人の虫歯みたいなおっさんだけれど、声には思いがけないあたたかさがあった。あわてて後姿をふりかえろうとするが、うごけない。インキ瓶を両肩と両腕で支えたまま少しずつ足踏みして体を回さねばならないので、たちまちよろよろとなって壁にぶつかった。

インキ瓶をかぶってよちよちと会社の門を出る。焼跡のよこの大破した歩道を駅へ向う。駅前にはおきまりの闇市があって栄養と狂騒の爛《ただ》れにふけっている。そこをどうにかこうにか抜けて表通りからちょっと入ると、閑静なお屋敷町があって、木と塀がつづいている。ここで道に倒れ、足から這いだし、休息することにする。銃眼のような細い穴から外界を覗きつつ汗まみれになって歩いていくと、コースはおおむねそういうことだとわかった。しかし、なかなか楽ではなかった。ベニヤ板の張りボテといっても、それを肩にかついで歩くとなると、まったく楽ではなかった。もともとが栄養失調気味なので、家のなかで寝起きするだけでも、ちょっとした不意の動作のたびに視界が暗くなってチカチカと眼華が飛んだり、嘔気がこみあげたりする体なのである。その体で自棄の発作だけで頭から暗箱をかついで歩くのは、なみたいていではなかった。肩の肉から骨に重量が食いこみ、両腕がしびれ、汗まみれになる。汗が眼にしたたるのを手でぬぐうこともできない。そうするためにはいちいち暗箱を地べたにおろし、体を半ばかがめなければならない。それでやっと手が横木から自由になるのだが、その手で汗をぬぐったところで、また暗箱をかついで歩きだすと、つぎつぎと、とめどなく汗が流れ、眼や口に流れるままほっておくしかない。闇市をよろよろノタノタと、なるべく人ごみを避けて抜けようとするが、人ごみのない闇市などというものはないのだから、肩でつかれ、手で払われ、そのたびたびによろよろするばかりである。大人は誰も彼も芯をぬかれて自失しているからさほどのことはないのだが、子供が珍しがって、面白がって、ドンドン叩いたり、こづいたりするのだ。よろよろすると、ワッとはやしたててとびついてくる。なかには棒や竹竿をどこからかさがしだしてきて、なぐりつけるのもいる。インキ瓶の首の部分をなぐられると、痛打がもろに額と眼にきて、失神しそうになる。それをこらえこらえ、汗と汚辱感と羞恥にまみれて、よちよちと一歩ずつ歩いていく。細い穴から見えるのは前をかすめる人の横顔や、後頭部や、肩の閃めきだけである。子供の残酷な喚声と棒の打撃が薄いベニヤ板ごしにわんわんひびき、ただ耐えるしかないのだが、心が雪崩《なだ》れる。粉ごなに砕けて、音たてて、どこへともなく落下していき、そのたびごとになけなしの体力もさらいとっていく。抵抗することもできず、反撃することもできず、怒声をあげることもできない。しかも穴から覗くと、棒を持って横ッ跳びにかすめていく悪童の眼は潑剌と澄んで輝やいている。

＊

ほとんど全市が赤い荒野となり、ところどころに病院やホテルやデパートなどが崩れのこって佇んでいる光景は無人の砦に似ている。阿倍野《あべの》や上町《うえまち》のちょっとした台地にたつと巨大な夕陽がじわじわと地平線に沈んでいくのが目撃される。斜光を浴びた荒野のあちらこちらで煌《きら》めく物があるが、おそらくそれは瓦礫のなかのガラスの塊りであった。防空壕に住む人びとの七輪からたちのぼる炊煙はおだやかで柔らかく、露出した水道の鉛管からは昼夜休むことなく水がほとばしりつづけていて、しばしば小さな虹がふるえているのを見かける。しかし、この苛烈と荒寥の光景にもどことなく爽快が感じられることがあり、焼けのこりのごみごみした町や闇市を通りぬけたあとでは心と体を浄化されるように感じられた。ことに空襲からさほどの日数がたったとも思えないのにすでにどこからか種子が飛んできたものらしく、カサカサの瓦と煉瓦の堆積にたけだけしいほどのアカザやススキが茂っているのを見ると、自然の不屈、一瞬の休みもない営為ぶりに、たじたじさせられる。莫大な熱量の炎が徹底的に土を焼いて、焦がして、浄化し、無化したはずなのに、それら雑草の茎は太く肥り、強健でみずみずしく、葉は栄養にみちみちているらしいのである。そして流れっぱなしの水道管は箱庭の渓流をつくり、そのちょろちょろ流れの底の小石や瓦礫はいつのまにか緑の苔に蔽われているのだった。サワガニがそこを這っていてもまったくおかしくない光景だが、深山であり、幽谷でもあるのだった。そう見えることがある。

ある夕方、せかせかとミナミの千日前を通りかかると、焼けのこりのビルの一室でふいにシンバルを一撃する者があった。ジャズの練習をはじめたらしく、つづいてトランペットが高く長くいななき、ドラムが二撃、三撃、底深く咽喉声で唸った。しかし、最初のシンバルの一撃の瞬間に、怒り、決意、歓び、昂揚のすべてがこめられていた。その響きは身ぶるいして炸裂し、すべての事物を打撃しつつ荒野をわたっていき、ふりかえると夕陽がふるえたかのようであった。光景が音そのものに変るのをこのときはじめて経験した。癩のようにじわじわとひっそりと間断なく肉をとろかしにかかる不安も、冷暗と強力で内臓をしめあげる孤独も、その一瞬だけは霧散し、そして、ふたたびもどってきた。

＊

パン焼見習工をするかたわら近所の子供を集めて学習塾めいたことをしたりして、たえまなくあたふたといそがしく、手から口への暮しがこれから何年となくつづくのだが、中学校にはよく出席した。試験でいい成績をとろうという野心はいつとなく霧散してしまったが、勉強そのものにはパンを焼いたり、子供を教えたりする以上の歓びがあった。英語の単語を一つ一つおぼえていく作業には煉瓦工の忍耐の悦びに似たものを感じさせられ、長くて複雑な英語の文章を分解したり日本文に組立てなおしたりする仕事には無人島に近づいていく水夫の愉しみをおぼえさせられた。数学の方程式を分解したり綜合したりすることにも清潔と秩序の愉しみがあって、壁の向うのすぐそこまで肉迫してくる不安と厭悪を夜ふけにしばらく忘れさせてくれた。教室では数学は計算としてしか教えられなかったが、自身でやってみるとイメージの遊びであるらしいと感じられた。豆ランプの灯で英語の辞書を繰って単語の身元調べをしたり、数式をほどいたり、蒸溜したりしていると、シャーロック・ホームズのような名探偵になれた気分に、ひとりで酔うことができた。教室に出るのはそれらを解読するための基礎知識とヒントを得るためだけといっても、過言ではなかった。一晩かかって身悶えしても解読しようのないことが、翌日教室へ出かけて先生に相談を持ちかけると、その場でやすやすとけだるいまなざしで錠をあけてしまわれるので、それには畏服するしかない。

芋飯、豆飯、大根飯、その日その日、ありあわせの材料を母が炊きこんだ、やくざこの上ないものをアルミの弁当箱につめていく。パン屋で働らくようになってからはにわかにそれがこそこそしたものではなくなり、前夜に自分で焼いたコッペパンや米軍放出のトウモロコシのカステラなどをふんだんに持っていけるようになった。それは胸をそらして誇っていいことのように思えるのだが、何となく大きな声でいえない雰囲気があるので、教室ではひたすらパン屋で働らいていることをかくすことにふけり、そっぽ向いて知らぬ顔をよそおうことにふけっていたように思う。バカげた虚栄心としかいいようがないけれど、少年としては身分をあらわにさらけだしたくなかったのだ。そのうちパン屋をやめるとたちまち行路病者の一歩手前まで転落し、びしゃびしゃの大根飯はおろか、コッペパンのひとかけらも持っていけなくなり、昼飯時になるとひとりでこっそり教室をぬけだして水飲場へいってカルキ臭い水道水をごぶごぶ飲んで、あとはベルトをしめつけることだけでこらえるしかなくなった。級友の誰にもカンづかれないよう、こっそり、ひっそり、さりげなく昼飯時に教室からぬけだすようにしていたが、おそらくみんなそれとなく知っていたのだと思う。ある日、水飲場からもどってきて椅子にすわると、机のなかに新聞紙にくるんだ厚い物が入っていて、なにげなく開いてみると、みごとなイモパンであった。とたんに羞恥がこみあげ、席をたって、廊下へ出た。背後の席にすわっていた友人がつづいてとびだしてきて、便所ぎわへ追いつめ、羞恥でまッ赤になりながら、しどろもどろに、家《うち》は何とかやっていけるんでお母さんが君のために作ってくれたんや、悪いけどこれはだまって食べてくれや、おろおろした口調で大人っぽく優しく、必死にそういって、素速く消えた。その日は気もそぞろで授業をうけ、家へ帰って二階の自室でそのパンをおそるおそる食べにかかったが、つぎからつぎへと涙がおちてしかたなかった。そして翌日からはその友人の眼が直視できなくなり、いつものように冗談がいえなくなり、何となく疎遠になってしまったのである。これはまさしく〝パンに涙の塩して〟の慣用語句そのままであったが、ときには友情がとりかえしようなく損傷されてしまうこともあるのだった。ことに口の言葉が不足しきっているのに神経だけがささくれだっている若い日には……

この友人を避けただけではなかった。それまで仲のよかったすべての友人を避けるようにもなった。眼を直視することを避け、口をきくことを避け、心に踏みこんでいくことも、踏みこまれることも避けるようになった。傷つくことにおびえると、人とどうまじわっていいのか、わからなくなった。石灰質の固い殻を分泌して柔らかい肉を守りたいのだけれど、どうすればそれが作れるのかがわからず、貝やヤドカリなどを羨やみつつ、全裸の幼虫として土にころがされ、もぐることも、走ることもできず、すくんでふるえるばかりであった。とげとげしくておびえた眼をした、似た心の持主らしいのがやってくるのに出会うと、いいようのない嫌悪がこみあげてくるので、視線がふれあうよりさきに眼を伏せ、体を閉じて、逃げた。同病相憐レムはたしかに原則ではあるが、おなじ程度に同病相憎ムという原則にもなるのだった。心はいつも爛れて膿みつづけ、熱でふくれ、かすり傷で血が流れだすと、いつまでも止まろうとせず、凝固しようともしないので、苦しめられた。インキ瓶をかぶる仕事は一日でやめたけれど、記憶を止める方法はないので、思いだすたびに、いきなり駈けだしてしまいたくなる。道を歩いていてふいに思いだすと、羞恥の苦痛で熱い薬罐にふれたような気持になり、眉をしかめたり、首をふったり、チ、チ、チと声を出したりするが、どうなるものでもない。

その頃。

ある日、中学校の廊下で一人の友人に声をかけられ、誘われるままに寺田町の家までついていった。友人ことごとくを避けようとし、遠ざかろうとしているのに、とくに日頃から親しくしていたわけでもないその友人についていったのは、もう今となっては感知することのできない何かいいものが彼の眼か声かにあったのだろうと思う。彼の家は寺田町の貧しい棟割長屋がごたごたと腫物のようにひしめきあう一画からちょっとはなれたところにあるが、闇市に小屋をだして飲み屋をやっていた。叔父がその店をやっていて、毎日彼は夕方から深夜まで叔父の手伝いをしたり、酔っぱらいの相手をしているとのことだった。いってみるとそれはどこの闇市にもよくある店で、家というよりは掘立小屋であった。表通りと裏通りの両方に入口をつくり、どちらからでも入ってこれるようになっている。その日は叔父がアルコールの仕入れに出かけて留守なので、彼が何もかもしなければならず、ベニヤ板のカウンターに出たり入ったりして、しきりにいそがしく働らいた。

働らいた、とはいうものの、それはちょっと風変りであった。中古の汚れたドラム罐からゴム管で何かの透明な液を吸い出すとバケツにそれをうけ、ついでそのバケツに水道の水を入れ、赤いゴムのついた浮沈子《ふちんし》そっくりの何かの計量器を浮べては水を加減する。友人の話によると、ドラム罐の中身はアルコールであって、それを水でのばすと酒になる。浮沈子はアルコール計である。そこでこの水割りのアルコール度数を何度にするかで、酒の味がきまり、儲けもきまってくるのだとのことであった。そのバケツの〝酒〟をゴム管で一升瓶につめなおす。つぎに便所のわきの薄暗がりでバケツにつくったオカユみたいなものを布でしぼり、べつのバケツにうけて、一升瓶につめなおしたが、これはカルピス、つまりドブロクだとのことであった。何もかも作業はバケツでやるのだった。酒のサカナとしては豚のレヴァーを出すが、皿がないので新聞紙をこまかく切ったのにのせる。またしてもべつのバケツが出てきて、それには血みどろの豚の肝臓がいっぱいつまっていた。友人はそれを小さく切り、一枚きりの大皿に並べた。その大皿は焼跡にころがっていたのを拾ってきたのだとのことであった。

友人は新聞紙にべっとりした血まみれのその一片をのせ、トーガラシをパラパラとふり、コップにカルピスをなみなみと注《つ》ぎ、恐れ気もなく、

「ハイ」

といってさしだした。

カルピスはどういうものかツンツンと雑巾の匂いがして、汗まみれの夏の足の裏の匂いのようでもあり、やりきれなかった。しかしレヴァーはヒリヒリと辛辣だけれど、血

まみれを嚙みしめてみると奇妙に上品な、はんなりとした甘さがあって、おぼえられそうであった。

「いけるやろ?」

「ウン」

「落したてやからね」

「……」

「今朝、屠殺場へいって、殺したてのを仕入れてきたんや。湯気がたってたナ。こういうのを英語で何というんや。フレッシー・フレッシェストか。屠殺場のおっさんは、豚の血は体にええんやというて、コップに一杯、飲ませてくれよった。ええおっさんやね」

「豚の血を?!」

「コップでナ」

「……」

「あたたかい」

友人はにこにこ笑い、グイと口を手の甲でぬぐってみせた。その手つきの一人前ぶりにたじたじとさせられた。お話にならないほどの大人ぶりに圧倒される。インキ瓶をかぶって子供のなぶりものになってるのとくらべると、声を呑むしかない。

　夕方から深夜まで友人はてきぱきと働らいた。表から入ってくるの、裏から入ってくるの、気の弱いの、強いの、泣く奴、叫ぶ奴、くどい奴、ゲロを吐く奴、一人一人に彼はカルピスをつぎ、水割りアルコールをつぎ、新聞紙をさしだし、レヴァーをのせ、トーガラシをふりかけ、みごとに酔っぱらいをさばいた。まさしくこれも労働であったが、筋肉と頭を使いに使い、みごとなくらい無駄がなかった。過剰もないが不足もなく、美しいといってよいくらいであった。薄い板壁にもたれてそれに見とれているうちにカルピスに酔ってしまい、すわることも立つこともできなくなった。無数のガラスの破片が視野を埋めてキラキラと輝やき、血の脈搏の音が耳いっぱいにとどろき、あてどない漂流に体をゆだねると、不安も孤独も消えてしまった。形を失うことの歓びをはじめて教えられ、みじめな化物たちにもまったく威迫をおぼえず、水母《くらげ》のようにのびのびできた。掘立小屋のなかには無数の声がひしめきあっているが、その熱い混沌をつらぬいて一つの澄みきった、晴朗な、明るい小石のような音がひびきわたり、いつまでも消えようとしない。

たしか冬だったと、思われるが。

＊

放課後の廊下ですれちがいざまに、その友人に、辛辣のまじった、おっとりとした眼で声をかけられ、もう一度、誘われるままについていった。何杯かのカルピスに泥酔して腰がたたなくなったことを羞じたい一心なのだが、友人はあべこべにそれをよろこんでくれているらしく、どうやらもう一杯今夜も飲ませてやろうとたくらんでいるらしき気配があった。正体を失うあの歓びと自由を思うと、その気配には何をおいてもついていきたかった。二人して肩を並べて校門を出るとだらだら坂をおり、つぎにそれをゆっくりとのぼって阿倍野橋に出た。それから闇市をぬけ、動物園前のだらだら坂をおり、新世界のジャンジャン横丁のめちゃくちゃな喧騒、嘲罵と威迫と媚びの叫声がとびかうなかに入っていった。ジャンジャン横丁をぬけだすと、もう夜だった。地溝の中を関西線の汽車が走り、生温く湿めった、いがらっぽい煙りが濃霧のようにわき起り、荒野をわたる風がそれを散らした。風は鋭く、冷めたく、速くて、空腹の体をナイフのように切った。広場の花壇はことごとく野菜畑となっているが、寒風のなかで大根の葉はいじけて枯れ、あちらこちらの防空壕の入口で炊煙がたっている。ライオンや、トラや、ヒョウなどは戦時中にとっくに毒か弾丸で処理されたはずなのに、まだ何か大型獣がのこされているらしく、動物園の横をいくと、野太い、ごろごろ鳴る咽喉声で一声か二声、咆えるものがあった。埃りまみれの夾竹桃の丈高い植込みのむこうで、その、悲鳴とも脅迫ともつかない咆声は出船の汽笛のようにうつろにひびいた。

その薄暗い夾竹桃の茂みのなかで、何か白いものがうごき、声がした。こちらに呼びかけているらしいが、何をいったのか、聞きとれなかった。そのまま通過しようとすると、あたりを憚っているらしいその声は、なおも二声、三声、呼びかけた。やっとそれで女の声とわかったが、しゃがれてひび割れ、そしておずおずとしながらもどこかに切実さがあった。

「ちょっと」

「……?」

「これ、持っててんか」

友人は教科書やノートの入った鞄をわたして、すたすたと夾竹桃の茂みに消えた。しかし、後姿は夕闇のなかにちらちらと見えた。しばらくして女の声が、くぐもって、

「……兄ィさん」

鼻をすすりつつつぶやくのが聞えた。

「もう寒の入りでんな」

友人は何か口のなかでぶつぶつ口ごもり、女も何か口ごもってつぶやいた。暗い茂みのなかで二人が何をしているのか、まったく想像がつかず、寒風に首をすくめながら歩道で小さく足踏みしつつ待っていると、また汽車が走って、いがらっぽい煤煙をまきちらしていった。

しばらくすると友人は茂みからズボンのMボタンをかけつつ出てきて、鞄をうけとると、すたすたと歩きだした。そのあとを追って肩を並べて歩きつつ、おずおずとたずねてみると、くすくす笑いながら友人は気さくに答えてくれたが、あれは〝掻き屋〟のおばはんだとのことであった。体を売るには年をとりすぎてしまったヒネのおばはんが夕方になって暗くなると釜ヶ崎や天下茶屋《てんがちゃや》あたりから出張ってきて茂みにひそみ、ああやって客を呼びこんで、尺八を吹いてくれる。その場にしゃがみこんで用を足してくれるというのである。一掻き十円から二十円だという。

「……マ、お水取りやね」

「お水取り?!」

「いまさきまで台所で水仕事してやね、イモを洗ったり、タクアンを切ったり、そういうガサガサの手で息子を介抱してくれるんや。尺八を吹くのや。この頃あちらこちらに出没するそうやで。東京も上野のお山あたりでさかんにやってるらしいよ。母の手や」

「母の手?!」

「この寒い冬に台所で水仕事してやネ、霜焼や何かでガサガサになってるやろ。その手で息子をスカスカやるんや。一家のためにな。これは母の手やデ。母の手でお水取りしてもらうんや。ダンチョネ(断腸ね)」

暗がりで友人はおどけてせせら笑い、いささか自嘲の声だったが、毒笑ではなかった。すでに何度もやり慣れているらしくて悠々としたそぶりが声のすみずみにあり、まるで電車の切符を買うような手軽い口調であった。これまでに暗い所や明るい所でどれだけの回数のますを掻いたか、いや、お水取りをしたことか、数えようもないが、つねにそれは人目のないひっそりとした時と場所でだった。まるで立小便をするみたいに公園の茂みで、立ったまま、ズボンもおろさず、しかも割烹着を着た下駄ばきのおばはんの霜焼だらけの手でそんなことをしてもらって満足できようなどとは、聞けば聞くだけ、茫然とするばかりであった。ことごとく意表をつかれ、へどもど口ごもるしかなかった。先夜もこの友人には大人と子供のちがいをしたたかに感じさせられてよろよろしたが、今日も狼狽するしかない。しかも破廉恥などというものではない行為をやっていながら、かすり傷もない不逞と無邪気があって、むしろ爽快を感じさせられるぐらいなのだから、いよいよ手がつけられなかった。お水取りだの、母の手だの、友人の言葉を一語一語くりかえして聞きかえすだけの阿呆ぶりしか見せられなかったことには熱い羞恥をおぼえさせられた。

「それにしても落着いてるやないか」

「何が」

「お母さん」

「毎日のことやからね」

「もう寒の入りでんな、というてた」

「そうやったね」

「びっくりしたよ、ぼく」

「プロは冷静なもんや」

まるで他人事のように友人はそういい、くすくす笑いながら、歩いていった。夾竹桃の茂みをふりかえると闇に溶けて何も見えず、夜空があるだけだった。好きな星座をさがそうとしたが、いちめんの雲だった。

寺田町の闇市にある友人の例の掘立小屋へいくと、叔父はよほどいそがしい人物らしくて今日もどこかへ出かけ、叔母がひとりで立働らいていた。友人は鞄を小部屋に投げこんでシャツの腕をまくって、きびきびと働らいた。叔母は彼を信用しきっているらしくて、すぐに消えた。今日は先日よりもいろいろな事物がよく眼に入ったが、これは家というよりはまったく掘立小屋で、壁は板一枚きり、壁土も何も塗ってない。床は床で土がむきだしのままだった。酒棚はベニヤ板。カウンターもベニヤ板。大きな男が酔って喧嘩して壁にぶつかったら何もかもが壊れてしまいそうに思われた。皿がないので新聞紙を切って皿代りにしなければならない窮迫ぶりがいたるところに顔をさらけだしていた。しかし、駅や、地下道や、防空壕で寝起きしている人がどれだけ多いかを考えあわせると、これだって立派なものであった。やわな天井から裸電球が二コ、ぶらさがっているきりだが、怪酒を飲んで眼がうるんでくるとそれがまるでシャンデリアのように入射光と反射光の乱舞で眩しくなるのだから、それでいいのだった。

カウンターが満員になったときのために形ばかりの小部屋があるが、叔父と友人のフトンが敷きっぱなしになっていて、そのまわりにいろいろな物がひっくりかえったり目白押しになったりして、置いてある。ゴム長。軍隊毛布。ミカン箱一杯のダシジャコ。ラードの入った石油罐。米の袋。ゴマ油。ネコイラズの罐が二、三コ。それらは闇屋が手入れをくらって遁走するときに一時預ってくれといって投げこんだり、これから闇市へ売りにいくのにちょっと倉庫がわりに置いてやったりしている物なんだという。そういう物置小屋みたいなところに万年床が敷いてあり、ぺちゃんこになった枕のよこに英和辞典と横文字の本が置いてあるのはちょっと眼をひかれる点景であった。本を手にとってみると、一冊は『ゴサムの賢者』。もう一冊はチャールズ・ラムの随想集であった。学校で教わっている英語よりはるかに高い水準のものと思われるが、闇屋相手のパイ飲み屋をやりながらこういう勉強を友人はひとりでやっているらしかった。さきほどの天王寺公園の夾竹桃の茂みのなかでの彼の行為とそれらの本はちぐはぐでありすぎるけれど、人は外見で判断してはならないと、一針、鋭く刺しこまれる思いがした。

今日も彼は怪酒の製造にいそしんだ。泥と油にまみれたドラム罐からゴム管でアルコールを吸い出してバケツにうける。それを水道の水でのばし、ときどき計量器を浮べて度数を計る。ついでそれを一升瓶にわけて入れる。トイレのわきのバケツに醗酵させてあるドロドロの粥のようなものを布袋に入れてギュウギュウしぼり、べつのバケツにうける。それからカウンターの裏にかけこんで、もう一コのバケツにいっぱいの血まみれの豚の肝臓をとりだし、錆び包丁でこまかく切る。新聞紙をたたんでその包丁で切って〝皿〟をつくる。ここまではこないだとそっくりおなじだが、今日は工場裏にころがっていそうな硫酸瓶をウンウンいいながらカウンターの裏にはこびこみ、例のゴム管をつっこんで中身を吸いだし、べつの一升瓶に注入した。これは闇から闇へわたり歩いている今評判の〝バクダン〟というもので、正体は粕取り焼酎だとのことであった。バクダンと、カルピスと、水割りのアルコール、今日はこの三つで戦争するんやと、いう。

「……こないだジャンジャン横丁へ叔父さんにつれていってもろた。そこでチョット一杯ということになったんやが、飲み屋の壁にウイスケと書いたある。ホ、ホウと思うてそれを注文したら、何とこれが、ただのカストリや。バクダンや。色も何もついてない。そこでオバハンに、これはバクダンやないか、ウイスキーとちゃうデ、と文句をいうたらやね、オバハンは怒って、そやからはじめからウイスキーとはいうてまへん。ちゃんとウイスケと名乗ってありますやないか。わてら、嘘はついてませんと、こうや。負けましたネ。ウイスケやて。ちょっとやってみるか」

硫酸瓶から一升瓶に移したばかりの液体をコップに入れて、ズイとつきだす。裸電球にすかして見るまでもなく、妙に濁ったところのある液で、鼻に近づけるとツンツン悪臭が匂い、おそるおそる一滴を舌にのせてみると、カッと熱くなったとたんに脳のどこかをひっぱたかれたようであった。もとの硫酸瓶をよく洗わないで焼酎入れにしたのではあるまいかと思いたくなるような悪臭と、火熱と、炸裂が、咽喉から胃へころがり落ちていき、体を二つに折ってむせた。

友人は優しく背中を撫で、

「おれは飲まんことにしてるんや」

ちょっとはにかんだようにそういって、コップに水をついで、飲ませてくれた。くらくらとなってうなだれている耳にその声は気遠く聞えた。血管も肉も栄養失調でからっぽの体にはその怪酒の一滴が大男の拳骨の強打のようにひびいた。または、乾ききった藁に水がしむようにしみこんだ。

その夜、つぎからつぎへと入ったり出たりする客に友人はまたしてもカルピスをつぎ、バクダンをつぎ、新聞紙の切れっぱしに豚の肝臓をのせてはトーガラシをふりかけてつきだし、あざやかに働らいた。そのうしろか横にいて助手らしいこともできないけれど、一升瓶から一升瓶へバクダンを移したり、一升瓶から薬罐へカルピスを移したりして、精いっぱい手伝った。客はたいてい闇市に出入りする男たちで、ほとんどみな友人の顔なじみであるらしかった。ときどき友人は客に酒を飲むことを強いられ、コップになみなみとつがせられていたが、何やかやといって彼は上手にはぐらかしたり、とぼけたりして、コップを口に持っていく恰好だけしてはそっと流しへ捨ててしまい、一滴も口に入れようとはしなかった。泥と油にまみれた中古のドラム罐や、緑色の硫酸瓶や、バケツのなかのどろどろのドブロクなどを見ると、正気ではとても飲む気になれそうもないが、男たちは平気であった。一刻も早く胸苦しい形を失ってしまいたいらしく、彼らはガブガブと呑み、ちびちびとすすり、叫んだり、怒ったり、泣いたりした。笑うのもいれば、吐くのもいた。眼前の一瞬をとらえようとして眼をギラギラさせたかと思うと、つぎの瞬間にすりぬけられて茫然となり、昼寝からさめてちぎれた夢を思いだそうとしている子供のような眼になった。

一人の青年に眼をひかれた。夜の九時頃にひとりでふらりと入ってきてカウンターのはしに佇み、板壁にもたれていつまでもバクダンのコップを眺めていた。航空服に半長靴、首に白絹の長いスカーフを巻きつけ、全身から湯気のように酒精の匂いをたてていた。どうやら立っていられないくらい酔っているらしく、倒れるまいとして壁にもたれているのだが、削《そ》いだような頬は蒼白く湿めり、その頬にも眼にも血は色を射していない。客はみんな彼を知っているらしかったが、誰一人、声をかけようとせず、さりげないそぶりで避けよう避けようとしているように見えた。そのため青年の体のまわりにはひっそりした隙間ができているが、殺気とも何ともつかないものが暗く、冷めたくそこにおどんでいる。彼はひそひそ声の商談や発作的な猥談の哄笑などを、うつろなような、慓悍《ひょうかん》なような眼で眺め、一時間も二時間もおなじ姿勢でそこに佇み、一杯のバクダンを半分だけ飲んで店を出ていった。そのあいだに二言か三言、口のなかでぼそぼそ呟やくのを聞いたが、ひとりごとのようでもあり、誰かに聞かせるためのようでもあったが、誰もとりあおうとしなかったので、ふたたび陰火のような沈黙で体を閉じてしまい、やがて金を払って出ていった。あと二日で特攻隊にいくところだった。鹿児島の鹿屋《かのや》基地だ。死にそこねたんだ、おれは。な。そう呟やいたのだ。

夜ふけになって客がみんな出ていくと、友人は小部屋の万年床にあぐらをかいて、その日の売上げのよれよれの紙幣を一枚ずつ皺をのばしながらかぞえ、かぞえおわるとノートに数字を書きつけた。そのあと、くたびれきったしぐさで万年床に体をのばし、老人のような長嘆息をついた。思いだすともなく航空服の青年のことを思いだして、今日は特攻隊帰りが一人きたね、といいだすと、友人はのびたままでヒクヒク笑いだした。そして、このあたりじゃどいつもこいつも嘘に酔っているのだと、いいだした。どいつもこいつも戦前は羽振りがよくて、家や屋敷があって、女中が何人もいたり、自家用車があったり、結構な御身分だったのに、みんな戦争でワヤになったという。若い奴は若い奴で、闇市で航空服とスカーフを買い、バクダン屋へ来ては特攻帰りだ、死にそこないだといいよる。まるで特攻隊のほかに軍隊がなかったみたいや。今日来たあいつね。あれは酒乱の、ただの闇屋だよ。食用油のちゃちなブローカーをしていて、戦時中は地上整備兵をしてたんや。それはちゃんとわかってる。みんな知ってる。何が特攻隊だ。かりに鹿児島の鹿屋基地にいたことがあったとしても、地上整備兵としてだ。パイロットやない。日頃しらふのときはそんなこと口にだしたこともないんやが、一杯入ると特攻帰りといいだし、自分で自分の嘘に酔うてしまうんや。嘘がサカナになるんや。嘘がバクダンでもあり、サカナでもあるんや。あいつは嘘に酔うてあんな真ッ青の顔になるんや。だまされたらあかん。気ィつけや。嘘はバクダンよりまわりかたがきついらしいで……

友人は寝そべったまま刺すような口調でそんなことをいい、くたびれきった顔つきでわびしげに笑った。口をあけて笑うと、裸電球の下では、その口が陰惨な穴のように見えた。ふいに少年が老人になり、ふさふさした髪がすけて骸骨の頭蓋が露出したかのようだった。その一瞬の変貌に眼をそむけさせられた。

「……嘘つきの酒乱か」

「そうや、酒乱の嘘つきや」

「迫力あったけどなァ」

「そらそうや。迫力、出るよ。はじめての人はみんなだまされる。おれもだまされたんや。嘘を本気で信じこむんだから、そうなると、あいつにとっては嘘ではなくなるんや。ほんとのことを信じきっていうてるのとおなじなんやから、これは迫力になる。そこへ酒乱やろ。迫力満点になるよ。えらい迫力や。わかってしまうと、これはもう、アホらしゅうてな、尻《けつ》、カーバイト」

「珍しい例やね」

「いや、たくさんいよる。そこらにウヨウヨいよる。いくらでもいよる。おれは毎晩そんな奴らの玩具になってやってるようなもんやね。ああのね、おっさん、わしゃかなわんヨ」

友人はのろのろと寝返りをうち、そのついでにラムの随想集をとりあげ、青く澄んだ、うつろな眼を凝らして、二行か三行を、読んだ。

しばらくすると表の戸口があき、どこかの男が入ってきて、壁ぎわに置いてあった何かの袋を持って出ていった。つぎにその戸がまたあいて、酔っぱらいが一人、ドタドタとなだれこみ、飲ませろといってダダをこねた。友人が起きていってもう酒がないといって、なだめたり、すかしたりして追いだした。そうやっているうちに裏の戸口があいて、髪を乱した中年女がかけこみ、小部屋にあがってきて何かの袋をつかむと、早口で詫びをいったり、ひきつれたようなお愛想笑いをしたりしてペコペコ頭をさげつつ、出ていった。巡査が一人入ってきて、ぼんやりしたような、鋭いような視線で小部屋を覗き、だまって出ていった。そのあとに来たのは姿も顔も見せず、表の戸口をあけてドサリと何か投げこんで、そのまま戸をしめて消えた。何だろうと思って見にいくと、新鮮な血まみれの豚の肝臓が新聞包から出てきた。友人と二人してそれを水道の水で洗っていると、いきなり裏の戸口があき、二人の男がもつれあうようにしてとびこんできた。バケツを蹴とばしたり、一升瓶をたおしたりしながら、二人はドヤドヤと家のなかを駈けぬけて表の戸口からとびだしていった。とびだししなに一人が、友人に向って早口に、坊ン、すんまへん、すんまへん、いずれゆっくり御礼さしてもらいま、といい、ちょっと両手をあわせて拝む真似をして、西のほうへ駈けだしていった。一晩じゅう何かしらそういうことがひっきりなしにつづき、地べたで寝ているのか、家のなかで寝ているのか、けじめのつけようがない。やっとひっそりしたと思ったら、もう朝の微光が埃りと脂にまみれた小窓に射しているのだった。脳が眠りこんでも内臓たちは一瞬も休むことなく、眼も顔もないまま、うごきつづけ、働らきつづけているはずだが、それならここは町の内臓なのだろうか。一晩まんじりともせずに内臓たちの蠕動《ぜんどう》の音を聞きつづけたのだろうか。

＊

漢方薬の倉庫で働らいたこともある。

これは家からちょっと離れた、桑津の、貧しい町の運河のそばにある、ただの、がらんとした木造の倉庫であった。桑津は〝食わず〟に通ずるので、この町のことを話すときには、人はよくひそひそ声になったり、思わせぶりな眼配せをしたりするのだが、誰も彼もが手から口への暮しをするしかないのだから、それは笑止であった。運河はどんよりと澱んで、腐敗し、いつもしぶとい、からみつくような匂いをたてていたが、倉庫も似たようなものだった。この倉庫では二人か三人の老人がコンクリートの床にゴザを敷き、木の根株を台にして、鉈《なた》で一日中コツコツと草根木皮をきざんでいたが、笑声もなければ罵声もなく、唸りもなければ軋《きし》みもなかった。草根木皮というのは海人草《まくり》、ザクロの根の皮、その他であるが、それらをいくらかずつ小さな紙の袋につめ、その紙袋を十袋か二十袋まとめて紙箱につめて、虫下し、つまり回虫駆除の煎薬《せんじぐすり》として薬局に流すのだった。老人たちはこの倉庫のことを〝第一工場〟と呼び、ここできざんだ怪力乱神をリヤカーでちょっと離れた長屋にはこぶのだが、そこのことは〝第二工場〟と呼んでいた。これは棟割長屋であって、二十人ほどのおばはんが、低い、細い、長い台をはさんでさしむかいにすわりこみ、錆びのでた計量器に乱神をひとつまみずつ指でつまんでのせては紙袋につめている。おばはんたちはパサパサにひからびた髪をふり乱し、どうしようもない仕事の単調からのがれたくてか、一日中わいわいがやがやと喋りまくり、夕方になると全身から薬くさい匂いをたてながら、一人ずつしょんぼりと家へ帰っていった。集群でいるときには眼も口もあけていられないような手荒くてぶざまな猥談にふけるくせに、一人になるとふいに猫背の無口で陰鬱な老婆になってしまう。昼のうちは冗談と、揶揄と、嘲罵でいきいきと眼や頰を輝やかせているのに、黄昏がくると一変して、一人一人が、暗く、わびしく、荒涼と閉じてしまうのだった。

倉庫で老人の仲間入りをしてひからびた薬草を鉈できざむ仕事をあてがわれ、勤勉にかよったし、いいつけられた仕事はみんなやってのけたけれど、これはつらいだけの労働だった。つめたいコンクリート床にゴザ一枚を敷いてそこにあぐらをかいてすわりこむ。ゴロリとした、頑強な、傷だらけだけれどビクともしない顔つきの木の根株をすえつける。重い鉈をとりあげ、左のバケツからつまみとった木の皮をコツコツときざんで右のバケツへほりこむ。老人とさしむかいになって、高い天井近くにある小窓から射す淡陽《うすび》をうけて、一日中ただ黙りこくってすごすだけである。老人は猫背になり、頭蓋骨の筋目が一本ずつくっきりと浮きだした禿頭をつきだし、もとは頑強であったらしいごわごわの手で鉈をコツコツと上下するだけである。一日中、ひとことも口をきかない。手がうごくので生体であるらしいと察知できるだけである。叛意、鬱屈、拒絶などの感情があって黙りこんでいるのではなく、木が口をきかないように口をきかないのであるらしい。

昼休みの時間になると石油罐へそこらに落ちている木片をほりこんで焚火をして煤だらけの薬罐に湯をわかすのだが、老人はその火で皺ばんだ手をこすりこすり、もう一人の老人と、ほんのひとことか、ふたこと、口のなかでもぐもぐと何か呟やく。何日もかようちにそのもぐもぐをつづりあわせて、どうやら老人は結核を病んでいるらしいとわかった。妻、娘、息子、みんなを結核で失い、葬式をして見送ってきたらしいとも、わかった。そこまでわかった口調から察しられるところでは、老人は、とっくに死を覚悟して今はただ待ちうけているだけであるらしいとも、察しられるのだった。しかし、老人は、哀切、痛恨、呪詛などの言葉はひとことも洩らさなかった。洩らすまいとする努力を何ひとつとして感じさせることもなかった。そのために眼がうるむとか、口調が変るということもないのだった。といって、従容、去私、解脱といった気配が感知できるのでもない。冬近い晩秋の野道を珍しく衰弱したコオロギが全身を露出してよろよろとよこぎっていくのを一度か二度、目撃したことがあるが、そのようなそぶりも感知できない。老人はすでに温血動物であることをやめたらしいそぶりであったから、木は不幸ではないといいきってよいのなら、老人はそうであるらしかった。

朝のうちは小窓から射す淡陽が体の左側に感じられる。それが鉈のコツコツといっしょにじわじわと移動して、午後になると体の右側のコンクリート床が明るくなる。そしてある時刻から急速に衰頽して黄昏になり、夜になる。そういう日光の移動を見ていると、自身が日時計の針に化したかのように感じられることがある。ときどき経営者のおっさんが大きな茶碗に熱燗の酒を入れ、スルメをかじりかじり見廻りにやってくるが、さほど広くもない倉庫なのだから、一回りか二回り歩けばそれですみ、叱言《こごと》を浴びせることもできないほどの原始手工業だから、ただジロジロ眺めて消えるしかない。それでもおっさんは何かいちゃもんをつけずにはいられないらしく、海人草《まくり》のひとかけら、ふたかけら、灰色のひからびた破片がどこかそのあたりに落ちていると、ザクロの根の皮や何かならひとこともいわないのに、にわかに怒声をあげてひろいあげ、こんな高価薬をゴミ同然にしやがってなど、頭から老人二人をののしっていくのである。おっさんはザクロの根の皮のことを〝セキルコンピ〟と呼び、はじめのうちはラテン語か何かの学名かしらと思わせられていたのだが、そのうち、某日、コツコツをやっているうちに、ザクロは〝柘榴〟であるから、その根の皮を漢読みすれば〝柘榴根皮〟なのだと思いあたり、ふいに皮が一枚、剝落してしまった。これの原産地はどこかわからないけれど、海人草のような狼狽ぶりをおっさんがついぞ見せなかったことを思いあわせると、かなり安価な物であるらしかった。ほんとにそれがザクロの根の皮であったとしても……

木が人にののしられてもピクリともしないように、老人はおっさんに嘲罵されて何か声をだすとか、顔をあげるというようなことは、しなかった。どれだけ悪罵されても老人はだまって銃をコツコツやっていた。そしておっさんが消えてしばらくすると、ときどき、ぎょっとするような痰《たん》のかたまりをきざみおわった薬草のなかへ吐いた。それはおっさんの来る来ないにかかわらず老人は一日に何度となくそうやって痰を吐いた。おびただしい菌の青白くてねばねばした巣であるはずだから、この倉庫は回虫駆除薬を送りだしているのか、結核増進剤を送りだしているのか、けじめがつかない。そういう老人のしぐさに反感を抱くからでもなく、動物なのか植物なのかはっきりしてほしいと焦躁を抱くからでもなく、一日に二度、きっと発作がこみあげてくる。きまって一日に二度である。朝に一度、午後に一度。薄暗くてひっそりした倉庫のなかでふいに叫びだしたくなるのだ。防空壕にうずくまって焼夷弾の落下音を耳にたたきこまれたときのような圧力が腸から咽喉《のど》へこみあげ、ヒステリー球がつまって息ができなくなり、体がこまかくふるえだす。鉈も何も捨ててたちあがりたくなる。壁も砕けよと叫びたくなるのだ。すぐ眼前にある老人の禿頭は蒼白で、ひからび、頭蓋骨の筋目がくっきりと見えるのだが、それへこの重くてにぶくて頑強な鉈をたたきこみたくなる。厚いけれど枯れた灰いろの骨でくるまれたその球を一撃で粉砕できたらと思いめぐらすと、いまにも鉈を片手にたちあがりたくなるのだ。その誘惑があまりはげしくなったときには、じっとしていられなくなり、小便にいくふりをして倉庫から小走りにかけだしたこともあった。そして木箱や古縄などの散乱した空地の草むらをせかせかと歩きまわって圧力を散らすのだった。これはパン屋で働らいていたときにはけっして起らないことだった。あそこでは、パンも、火搔棒も、壁も、〝物〟はすべて優しかった。手が〝物〟にふれているあいだ、心は救われていた。しかし、ここではそうではないのだ。〝物〟はやっぱり形の内部にとどまってはいるものの、兇暴で、激しく、悪意にみちている。手が〝物〟にふれてさえいたらいいというのではなさそうであった。〝物〟によるのだ。あきらかに〝物〟は生きているらしいのだ。それは獣のように種属があり、棲息地や習癖が異なり、ペットになれるのもあればなれないのもあり、人を病ませるのもいるらしかった。

この倉庫でしばらく働らいてから、つぎに、やっぱり電柱の見習工募集の貼紙を見て、小さな町工場に移った。これは河堀口の近くの裏町にあったが、小さいけれど旋盤もあれば天井走行クレーンもある工場であって、ただの倉庫を〝第一工場〟などと呼ぶような怪しげなものではなかった。しかし、青年や壮年の熟練工をことごとく戦争で蒸発させられてしまったので、プロの旋盤工としては青年が一人、親子連れが二人、つまりたった三人しかいなかった。見習工として採用されてからしばらくは倉庫の整理や何やかやの雑役をやらされたが、すぐに旋盤見習工の仕事をさせられた。あちらこちらの工場から鋳物のパーツがはこびこまれ、それらをこの工場で削って仕上げるのだが、その簡単な仕事をあてがわれたのである。この工場の旋盤は全自動でもなければ半自動でもなく、すべて眼と手とカンをたよりにしなければならない方式の物だったけれど、立派に作動した。ゴワゴワの赤錆びに蔽われた、何かの石コロのようなパーツを円盤にはめこんでしっかりと締めつけて固定してからボタンをおして回転させ、それにバイトをじわじわと近づけていく。バイトはネコのようにこっそりと近づいてから赤錆びを舐めにかかり、上皮をそっくり剝ぎとる。すると下地があらわれて白銀色に輝やく。つぎつぎとボタンをおして研削面に石鹼水や油をかけながら表面を平滑にするが、半壊れの台だと手で油罐の底を押しつつかけてやらなければならない。赤錆びの粉、金属の削り屑、石鹼水、機械油などをつぎつぎ頭から浴び、作業服の胸に浴びる。手は油まみれになり、指と爪は傷だらけになる。しかし、騒音と火花と油の焦げる匂いにまぶされながらも、ここでの孤独には清浄と充実があった。朦朧のなかから日を追って少しずつ自信があらわれはじめ、形をとりはじめ、手で触れられそうになってきた。

先輩の三人の熟練工たちは一日じゅうだまりこくってめいめいの仕事にふけり、昼飯の休憩の時間にもほとんど口をきかなかった。青年の工員はさっさとどこかへ消え、午後一時になるとどこからともなくあらわれて旋盤台と取組み、夕方になると誰よりも早く帰ってしまう。親子連れの二人はいつも二人そろって工場にあらわれ、べつべつの旋盤台で仕事をし、昼飯時にはいっしょになって猫背で弁当箱をひらく。おなじ大きさのアルミの弁当箱におなじ分量の大根飯や芋飯が入っている。それをそっくりおなじ顔をした父と息子が、そっくりおなじ猫背で食べる。ちがうことといったら、父は食べにかかるまえに箸を欠け茶碗につっこんで薄い薄い粗茶で濡らしてから飯の表面をぺたぺたと丹念に左官屋のように撫でてかかり、それから箸を弁当箱に入れ、飯をていねいに方形にきざみとっては口へはこぶのに、息子はいきなり箸を弁当箱にぞんざいにつっこんでぞんざいに掘り起しにかかる、というだけだった。父も子もおなじように血色がわるく、むくんだような顔をし、おたがいほとんど口をきかず、弁当がすんだあと将棋をさすとか、雑談にふけるとかは何もせず、ただぼんやりとしているだけだった。息子は教えを乞いにいくとほとんど口をきかず、ただ動作だけでバイトの研磨のやりかたやグラインダーの操作を教えてくれ、唖かと思いたいほどだった。漢方薬の倉庫のセキルコンパーの老人は痰を吐く半枯木であったが、この父と子は中古機械と赤錆びのなかに生えた何かの隠花植物か、蘚苔類の一種のようであった。それぞれの仕事ぶりの舌を巻きたくなるようなみごとさと均一ぶり、乱れのなさ、ローズ(欠損物)のなさ、油埃りにまみれたコンクリート床につぎつぎと無口に並べられていく作品のあっぱれさを見るのでなかったら、そういいきってしまいたいところであった。

空襲で無数の工場が無数の旋盤を失ったので、この工場にはつぎからつぎへとべつべつの工場からてんでんばらばら形の異なる鋳物のパーツが送りこまれ、中古の旋盤は毎日、朝から身ぶるいして赤錆びの渋皮を剝ぎとることにふけっている。しかし、それらはことごとく委託加工の仕事であって、工場主は軽視していた。工場主が熱心になって力を入れているのは手廻しの送風器であった。戦時中はガソリンがないのでトラックというトラックはことごとく木炭車となり、運転台の天井に炭俵をのせ、円筒型のコタツといいたいようなガス発生器をくっつけて走っていたが、その発生器に空気を送りこんで炭の火加減をよくするための手廻しの送風器を作ることに工場主は熱中していた。敗戦になって何もかも一変し、その眼になって眺めれば木炭車は日に日に姿を消していくばかりと思われるのに、この工場ではフイゴの製造に熱中しているのだった。倉庫へいくと、送風器のハンドル、羽根、カヴァーなどが山積みになり、何日おきかにどこからともなくトラックがやってきてそれらの新しい荷をおろしていくのである。そのトラックそのものがとっくにガス発生器の筒をとってガソリン車に変ってしまっているのに、工場主は何を思ってか昨日の余韻を追っかけることと、拡大することに熱中しているのだった。しかし、事業主がとんちんかんの時代錯誤であろうとなかろうと、そんなことはどうでもいい。習いおぼえたばかりのギクシャクの腕とあやふやきわまるカンをたよりにつぎからつぎへとあてがわれるパーツの鋳物の赤い皮を剝ぎとることに熱中するまでである。不安は道路をこえ、空地をこえ、はためくベルトをくぐりぬけ、そこらにほりだしてあるスパナーや、ヤスリや、ディヴァイダーを浸し、グラインダーで火花を散らして研磨しているバイトそのものにまでしみこみかけている気配である。一歩でもそのさきへ出ていなければならないし、そのためには手で物にふれていなければならないし、よろめいたらたちまちさらわれ、吞みこまれてしまう。教えられた通りにではあるけれどいささか自惚れの創意を一匙まぜて、旋盤台によりかかり、重要で必要な部分を下腹でおしつつ、しかし、もたれすぎないよう加減して、〝原材〟を〝製品〟に変えることにふけるまでである。バイトを少しずつ送りだしていくハンドルは指の腹でじわじわと操作するのだが、一本の指で、その腹で、全心の分解を、雪崩れを、ささえなければばならない。一箇の製品を床にそっと置くときに、しみじみとした、強固な手ごたえのある、野馬を制覇したときにはこうでもあろうかと思いたくなるような、声のない歓びが、ひっそりした湯のようにもくもくわきあがってくる。熟練工の父と息子はだまりこくって一瞥したきり、歯牙にもかけてくれないのだけれど。マ、そんなところかぐらいの眼のいろもうごかしてくれないのだけれど……

電休日や日曜日には外出せずにはいられない。あいかわらずの空腹で、背骨が胃と癒着してしまったのではあるまいかと思いたいほどだけれど、奇妙にいくら歩いてもつぎつぎと歩きつづけることができた。いくら石鹼で洗っても手には機械油がしみこみ、爪は傷だらけでささくれだっているけれど、そんなことはどうでもよかった。闇市から闇市へぬけ、焼跡から焼跡へぬけ、人びとの姿態と事物の顔をつぎつぎと眺めて歩くだけでわくわくしてくる。機械の唸りと飛散する金属屑の熱い匂いのなかにおぼれてすごした一週間や十日間のあとでは、ここ以外の場所ならどこへでもと流離の希求を書きつけた詩人のように歩いていける。手が物から離れ、旋盤台から離れたあとの時間、道を歩いたり、停電でまっ暗になった家の二階で寝ころんだりしているときにこみあげてくるのは、国外脱出と放浪の夢想ばかりである。大阪港か神戸港へいって、こっそり外国船にしのびこみ、公海へ出てから発見され、船長に問いつめられたあげくキッチンのボーイとして働らくことを許されて、太平洋をよこぎり、ニューヨークで下船し、あるいはサンフランシスコで下船し……それからさきのことはまったくとらえようがないけれど、何よりかより必要なのは英語だからと、単語と慣用句の暗記に一心である。

中学校の教科書ではとても足りないと思われるので、闇市の露店の古本屋の屋台で見つかるアメリカの兵隊文庫のペイパー・バックのよれよれ本を、なけなしの給料で買う。一頁おきにピストルが鳴ったり、女が悲鳴をあげたりするパルプ小説もあれば、何頁読んでも主人公のとめどない独白がつづくだけのドストイェフスキーの小説もある。そんなことはどうでもいいのであって、必要なのはヴォキャブラリーを増やすことだけだと思いつめ、イナゴが稲をひたすら食いつぶすようにして頁から頁をうろうろと頭で食うことにふけっているのである。希望が泡でありすぎるにしては心が真摯すぎて、ちぐはぐもいいところなのだが、何が何でも横文字の頁は食べてしまわなければならなかった。

ちょうどそういう気持にぴったりと思われるアメリカの歌が氾濫しはじめた。阿倍野橋だろうと、心斎橋筋だろうと、闇市だろうと、荒野だろうと、いつでも、どこでも、若い女の、精悍とくぐもりのからみあった声が、旅に出よう、旅に出ようと、ささやいたり、呻めいたりする声が聞えてくる。あちらでたちどまって一行をおぼえ、こちらで佇んではつぎの二行をおぼえ、レコード屋へこっそり入って、レコードを買う金は思いもよらないことなので歌詞だけをぬきとって盗み読み、そしてまたコソコソと歩きだし、というぐあいにして、どうにか、こうにか、おぼえこむ。神戸港でネズミのようにアメリカの船にしのびこみ、公海に出て発見されて船長のところへつれていかれたら、この歌をうたってみよう。すると船長はよく小説にあるように荒くれのはずなのにきっと心はどこか柔らかくて疼《うず》いているはずだから、ボーイとして採用しようと言ってくれるにちがいないと、ひたすらシャボン玉のようなことを、一心不乱に思いつめておぼえたのだった。

Gonna take a sentimental journey
Gonna set my heart at ease
Gonna make a sentimental journey
To renew old memories

Got my bag, I got my reservation
Spent each dime I could afford
Like a child in wild anticipation

Long to hear that "All Aboard!"

＊

　フナ釣りに明け暮れしていた頃、学校は〝小学校〟と呼ばれていた。そのうちに大東亜戦争がはじまると、これが〝国民学校〟と変った。そのうちに戦争が終ると、もとの〝小学校〟に変った。中学校は五年制であったが、卒業したとたんに学制が変り、それは三年制となり、〝高校〟となった。しかし、三年制の旧制高校がまだのこっていたので、そこに入学したら、たった一年だけでほりだされた。そして学校は消滅してしまった。もう一度、受験勉強をやりなおして新制の大学に入ることとなる。これを履歴書風に要約してみると、国民学校の卒業生、旧制中学の最後の卒業生、旧制高校の最後の修了生、新制大学の最初の卒業生というくねくねした獣道《けものみち》の歩行者であったということになる。

　しかし、学校の成績が気になってしかたなく、そのために夢中になって努力したのは旧制中学の一年生までのことだった。敗戦以後は試験にパスすればよいという程度の考えしか働らかず、いくつかの旧制、新制の学校に出たり入ったりするたび、発作的に受験勉強をしたが、そして奇妙にどれもパスできたが、入学したあとはたるんでしまい、期末試験のたびに勤勉な友人のノートを借りるのにかけまわった。そのノートは、はじめのうちはよく理解できたが、だんだんと学術語と思考が増えていってむつかしくなり、大学を出るときはほとんど理解不可能になった。文学は自分一人でやるものであって学校で教えられるものではないと思いこんでいたので、大学は文学部を選ばず、法科を選んだのだが、その理由は当時の熱い血で朦朧となった頭によると、大学でもなければ法律などというものに接触のチャンスは生涯あるまいと考えたからだということになるが、これだっていいかげんな口実にすぎまい。おそらくは闇市の狂騒と混沌を眺めつづけるうちに全否定の衝動にとりつかれて学校や成績をバカにするようになったものと思われる。どの学校も入学試験のときだけは顔をだし、それなりに熱中して答案を書いたが、パスしてみると、とたんに虚脱して何をしていいのか、わからなくなった。そのためか、どの学校も、入学式、卒業式には顔を出さなかった記憶がある。ことに法科生としての大学の四年間は贋《にせ》学生として終始し、女と駈落ちしたり、子供ができたり、食うや食わずのさなかで乱舞しつづけたから、佐藤春夫の戯詩《ざれうた》のままであった。

若き二十《はたち》のころなれや

三年《みとせ》がほどはかよひしも
酒、歌、煙草、また女
外に学びしこともなし

詩人はたわむれにそう書きつけたが、そしておそらく当時の詩人の若い暮しはこのままであったかと思われるが、外見はそうであったとはしても、詩人その人は、漢文学と西欧人文の教養にかけて、卓抜な秀才であった。醇平の文体家として終始した人であった。

酒、歌、煙草、また女。これらのことでは佐藤氏の踵を追うことができようが、この時代の偶然の子たちは、それらすべてを上廻るヤッツケ仕事に日も夜もなく従事し、かつ、心を砕かないことには、やっていけなかった。食べること。これである。なにがしかそれをやったあとでなければ、〝酒〟も、〝歌〟も、なかった。何年たっても、朝、眼がさめたときに、枕のすぐそこまで肉迫しているのはこのテーマであった。明治以後のわが国の若者は入学試験の悪夢を見つづけることで〝青春〟を特徴づけることをおぼえさせられ、それを見なくなってやっと〝オトナ〟になったと自他ともに確認しあう習慣を心の深層にきざみつけるようになった。しかし、学生が夏や冬の定期の休暇のほかに、

〝食糧休暇〟というおかしなヴァカンスを学校から与えられて教室から解放されるというようなことは、今後の天変地異はいざ知らず、前後通じて、この時代にだけ発生したことであった。これは学生めいめいが各自必要な米なり麦なり芋なりをどこかへいって調達しておいでという、飢餓宣言の一種であった。そのため、旧制高校に入ってから、寮へいってみると、精液、尿、水虫、汗、あらゆるねばねばした体液の悪臭のたちこめる、薄暗い小部屋で、ずぼらに寝そべってふかしイモを食べている学生もいれば、にぎりメシを食べている学生もいた。キューバ糖という粗糖が米のかわりに配給されたときには、闇市へ物々交換に持っていった連中は助かったけれど、寝そべったままペロペロ舐めた連中はものすごい下痢におそわれて、脱水現象に陥ちこみ、足で立つこともできなくなった。なかには一升瓶にこれと水をまぜて毛布でくるみ、押入れのすみっこにつっこんで醱酵させ、ラムのどぶろくという生涯に一回きりの奇怪な酒にありつけたものも、いるにはいたけれど……

入学試験の悪夢を見ないわけではなかったけれど、もっとしばしば明日食べる物がないという悪夢にとりつかれた。これは何度見ても、何年たっても、なかなか慣れることができなかった。試験の悪夢を見るか見ないかで学生気分がぬけたかぬけないかが判定できるものであるなら、絶糧夢を見る見ないで〝戦後〟感覚が判定できると、いえそうである。しかし、〝もはや戦後ではない〟といいはやされるようになってから何年もこの固定夢にうなされることはつづいたから、未熟で若くて柔らかいどこかの皮膜にきざみこまれた傷は時事年表の欄外にある。この夢を見ると、夢が登場したときにはすでに圧伏されていて、ただ全身が冷めたくこわばり、叫ぶことも呻めくこともできず、指一本もうごかすことができないで、全身、冷汗にまみれて、フトンのなかで眼がさめるのである。その胸苦しさはいつまでたっても克服することができず、ただおびえ、すくむばかりであった。

大学を卒業して〝社会人〟になるまでに手と頭が通過した仕事をかぞえてみると、すでに書いたものも含めて、ざっとつぎのようになる。パン焼見習工。漢方薬きざみ。手動式旋盤見習工。スレート工場の荷物運搬。圧延見習工。家庭教師。宝クジ売り。闇屋の留守番。市場調査員。ポスター張り。選挙の連呼屋。ヴォーグの翻訳。外国映画スターへのファン・レターの翻訳。朝鮮へ出動させられたアメリカ兵へのパンパンさんのラヴレターの翻訳。英語会話教師。つぎからつぎへ。とめどなしに。でたらめに。ひっかかるまま。神経のそよぐまま。電柱の貼紙にさそわれるまま。泡のように浮いたり沈んだりして。憂鬱、倦怠、沈澱、冷感を抱かせられるまま、手から口への暮しに終始するしかなかった。学校には籍がおいてあるから学生だということになるのだが、そして毎月のはじめに育英会の奨学金をもらうために会計の窓口へ出頭するのではあるけれど、たまに教室へ顔を出してみると、教室の椅子も机も体になじんでくることがなかった。それらは腰にも背にもなじむことがなく、つねに固くてよそよそしく、椅子は椅子、机は机のままであった。思惟は感覚とともにゆれうごいてやまないものであるが、メリケン粉をこねたり、手動式旋盤を下腹で押して操作したりする、したたかで強力な具体感が体にしみついていると、ただの教授たちの講義は空語また空語であった。刺しもしないかわり、撫でてもくれなかったし、煮てもくれず、焼いてもくれなかった。

どれもこれも一時しのぎの仕事だったのだが、英会話教師の仕事は、四年か五年つづいたと思う。これはもともとは生徒を募集するための貼紙を電柱に貼って歩く仕事だったのだが、夕方になって刷毛《はけ》とノリのバケツを返しにいくと、事務室につれこまれて先生にならないかと話を持ちかけられたのである。身分のあわただしい変化におどろかされたけれど、話を聞いてみると、こういうことであった。この学校では上級、中級、初級の三段階にわけて英語会話を教えているが、進級試験は一切やらず、生徒の出欠もとらない。生徒はチケットを買い、毎度出席のたびに一枚ちぎって教室の入口で葉巻の空箱に入れるという習慣である。生徒は自分の学力にあった級を自分で選べばよいのであって、初級が物足りなくなったら中級、中級が物足りなくなったら上級と、自分で進級すればよろしい。チケットは上、中、下、みなおなじである。入学式もなければ卒業式もない。中級と上級にはベテランの先生がいて、それは日本生活二十年になるイギリス人のピアノの先生であるとか、ニューヨーク生活十五年の経歴を持つ三井物産の部長であるとか、英語会話にかけては一流の実力者ばかりである。そこで、あなたは初級を受持ち、英語は二の次として生徒に英語もしくは英会話に興味を抱かせるような授業をしてくれるだけでよろしい。週三回。午後五時から一時間ずつ。どうです。やってみませんか。あなたは若い。何事も経験ですよと、いわれたのだった。金額がいくらであれ、定期的にお金が入手できるのだし、その額はちょっといい数字だったので、努力してみますと、おびえながら呟やいて引受けることにした。電柱にビラをノリと刷毛で貼って歩くアルバイト学生がその日のうちにまがりなりにも先生になるという昇格ぶりだったが、どこに目をつけられてそんなことになったのか、どう考えてもわからない。

旧制高校や新制大学の英語の筆記試験をパスできる程度の英語は読みもし、書きもできるが、話すとなるとまったく別である。いくら会話は二の次といっても、青い学生にそんなことをさせようというのは、やらせるほうにもっぱら責任があると考えることにした。それからまた、シェクスピアを自由に読みこなせる日本人の英文学教授が喋るとなるとカラキシで、ロンドンまでいくにはいったけれど、会話ができないばかりにホテルの一室に一週間閉じこもったきりで帰国したというエピソードもあるのだからと、考えることにもした。しかし、ハローぐらいの発音はできなければなるまいと思うので、自分の受持時間より一時間早く学校へいき、事務室で粗茶をすすりつつ、ベニヤ板一枚向うの教室でピアニストのイギリス女性や三井物産氏が日本語と英語でやっている授業に耳をこらし、つぎの時間になるとそのひとことやふたことを頭に入れて教室に出ていって、生徒全員に何度も何度も大声で暗誦させることにした。あるフランス文学者の随筆によると、大学生の眠気をさますには、授業中にときどき声を改めて、太宰治は……とか、坂口安吾の意見によると……など、授業の内容とはまったく無縁のことを大声でカマすことである、すると奇妙に学生がシャッキリとなるとのことであった。それを思いだして、ハローやグッドバイの練習のあいまあいまに、『哀愁』という映画の原題は、〝ウォータールー・ブリッジ〟というのですが、この橋は……とか、ゲイリー・クーパーのクーパーとは〝桶屋〟ということですが……などと、必死になって脱線した。何しろベニヤ板ごしに一時間前に耳で聞いた一言半句をイーストにしてパンをふくらませようというのだし、老若男女さまざまの眼の直視を浴びているのだし、心は逃げたい一心でいるのだしで、脱線しないことにはどうしようもないのである。必死の脱線なのである。生徒はニコニコしはじめるが、こちらはハラハラとなり、うわずるのをおさえることに夢中であり、しばしば冷汗や熱汗でぐっしょりになるのだった。明日食べる物がないという夢の頻度にくらべると、いささか落ちるけれど、この教室を悪夢に見ることもしばしばあって、そのたびごとに毛布を蹴って跳ね起きたものだった。

生徒はおおむねサラリーマンの若い男女で、みんなおとなしく『哀愁』の話やセントルイス・ブルースの歌詞をおぼえることに耳を傾けているが、ときどき毛色の変ったのが入ってきて狼狽させられた。いつぞや航空会社のスチュワーデスがまぎれこみ、授業中にいきなりたちあがってみごとな英語で質問をしたことがあった。それがひとことも聞きとれないので、ふきだしてくる汗にまみれて眼がかすんでしまった。ドキドキするのをおさえおさえ、ここは初級のクラスですからみんなおなじ足並みで一歩ずつ歩いていかなければなりません、あなたの英語は私にはわかりますけれど、ほかの人にはわからないのだし、それはまずいことですから、あなたの口で日本語になおしてみなさんに教えてあげて下さい、みんなでそれをおぼえ、練習することにしましょうと、とっさに口をついて出たにしてはなかなか筋道のたった、図太いことをいって、どうにかこうにか切りぬけた。お嬢さんは顔を赤くして、すみませんといい、韓国へ行ったことがありますか、とたずねたまでなんですと、小さな声でいった。それを英語にしてくれるよう問いただし、チョークで大きく黒板に書きつけ、全員に五回、六回と大声で暗誦させ、その大合唱にひたすらおびえつつ、何とかドキドキをおさえたものだった。

生きるとは恥をかくことである、という誰やらのむきだしの寸言があるが、この学校では何度汗まみれになったか知れない。しかもそのたびごとにドキドキをおさえてさりげない顔をよそおっていなければならないのだから、それもまたひとしおの苦痛であった。授業が終り、生徒がみんな去り、体じゅうのあちらこちらに熱い斑点をつけたままで地下室から出る。ビルの外へ出て、暗くて、固くて、冷めたいビジネス街をひとりで歩いていくと、靴音しか耳に入らないが、それが何よりの鎮静剤であった。静かなコンクリート壁の森のなかを、荒涼とした夜のなかを、ひとりで歩いていると、心の熱い爛《ただ》れや膿みが訴求することをやめ、どうにかこうにか自身の形を、抱いていくか、肩にのせていけるか、どちらかの形をとりもどすことができた。翌朝、眼がさめたその瞬間から滅形がはじまるのではあるけれど……

『二〇世紀ペン・フレンドの会』を紹介されたのはこの学校の事務室だった。別の日に初級の時間を受持っている若い教師が、アメリカやヨーロッパ諸国の少年少女で日本人と手紙交換をしたがっているのをおなじ希望を持つ日本人の少年少女に紹介し、おたがいの手紙を飜訳してやるという一種の仲介業をやっている。ふつうの手紙のほかにイングリッド・バーグマンやゲイリー・クーパーなど映画スター宛てのファン・レターの飜訳もする。飜訳の手数料は一通につきいくらと、その代金に相当の切手で頂戴するという仕組みである。その仕事が最近になって急増して一人では手に余るようになったので助けてもらえないかというのである。必要な外国語は英語とフランス語とドイツ語だという。学校はうっちゃったきりで、いいかげんにしか登校しないけれど、国外逃亡の夢だけはいつまでも捨てられないので、夜は家で必死になって語学の独学にうちこみ、英語のほかにドイツ語とフランス語を手がけ、少年の手紙ぐらいなら何とかなりそうだったので、一も二もなくひきうけることにした。はじめのうちは訳稿をわたすのとひきかえに代金とつぎの手紙束をもらって、うまくいってたのだが、次第に金払いがわるくなり、仕事ばかりが増え、その未払金額がかなり目立つ数字になった頃にはパートナーが英会話学校に顔を見せなくなった。

　そこで布施《ふせ》の家へいってみると、これが国道に面したボロ家で、小さな文房具店であった。文房具店といっても棚の大半はからっぽで埃りまみれになっている。インキ瓶や封筒などが申訳ぐらいにおいてあるだけで、一家の窮迫ぶりはくどくど聞かされるまでもなく一瞥で知れた。小さな、暗い奥の間では腰のぬけた老婆が孫と玩具のとりあいを演じ、ドスのきいた金切声をあげて一コのヨーヨーをとったの、とられたのとわめき、孫は孫でオムツをひきずりひきずり泣き叫ぶという光景である。夫は金策にかけまわるのと借金取りから逃げまわるのにいそがしくて家にいたことがなく、妻は貧にまみれて蒼白い顔に髪をふり乱し、何を聞いても眉も眼もうごかず、ただ、ヘェとか、ハァとか呟やくだけだった。何かまとまったことをいいかけても恍惚状の絶望におそわれて言葉を半分で呑みこんでしまうのである。それを目撃するとこちらまで水につかった藁みたいになって、金の催促ができなくなってしまう。やむなくその家の暗い二階にあがりこんで仕事だけはつづけることとなり、毎日通ったが、これがまたひどい二階で、赤ちゃけて毛ばだった古畳に寝そべると、家そのものが傾いていて、窓が歪んでいるくらいだから、そのまま体がコロコロと壁ぎわへころがっていきそうに思えてくる。ひとりでこういうところにたてこもるのはわびしくてならないから学校へいって向井敏を口説き、手をよごさずに頭とペン一本で儲かる仕事があるといってたぶらかしたが、現場を一瞥して敏はげっそりした顔になり、一回か二回通《かよ》ったきり、まことに当然のことながら、顔を見せなくなった。そのうち一家はいよいよ窮乏に追いこまれ、手紙の飜訳料は現金ではなくて切手で払われるようになった。それも午前と午後に一回ずつの郵便配達があるたびに投げこまれる手紙をそそくさとその場で破って、そこに同封してある切手を一枚、二枚とかぞえ、主人と二人してひったくりあうようにして、爪さきで剝ぎとるようにして、争奪しあうこととなり、つくづくうんざりしたのでやめてしまった。貧の諸相はそれまでにも、それ以後にも、いろいろと味わい、目撃もさせられたが、切手で素《す》ウドンをするというのはこれがはじめてであった。

＊

家の前の国道をのべつトラックが走る。そのたびに家が音をたてて揺れる。柱がきしみ、壁土が落ちる。二階は傾いていて、すわろうが、寝そべろうが、つねに傾斜が尻や腰に感じられる。階下では老婆と孫の泣声や金切声がひびく。しかし、ある春の夕方、飜訳仕事にくたびれて眼をあげると、歪んだ窓に燦爛の光輝が射していた。それにさそわれてたちあがり、窓から覗いてみると、電柱と、屋根と、物干台のひしめきあう、干潟の泥海のような貧民街に、空いちめんの、絶倫の精力を爪のさきほども惜しむことなく傾注して燃えさかる夕焼が輝やいているのだった。窮迫と、汚辱と、諦めしかない広大な埃りまみれの地区にそれは異様な豪奢を浴びせていた。この光耀にはまざまざと青銅盤の一撃を感じさせられた。その感動が初体験ではなくて、すでにどこかで味わったことがあると感知されたが、デジャ・ヴュ（既視感）ではなかった。いつかミナミで焼残りのビルからひびいてきたジャズ・バンドのシンバルの一撃と、その背後に見た夕焼の焼跡である。あのときのシンバルの一撃が、いまは青銅盤の一撃と感じられるのだ。その追体験であった。ぬかるみに落ちた油の一滴が、ときどき光線のたわむれでこれに似た豪奢を見せることがあるが、この広大な清澄は空でしか発生することはあるまい。

*

つぎに登場したのは菓子会社の社長であった。この英会話学校にはふつうのすべての学校にあるような学期というものがなく、誰でも、いつでも、ふらりと入ってきて、ふらりと出ていくなり、進級するなり、自由にしてよろしいという仕組みになっているので、若いサラリーマンの男女のなかにふいに初老の年配の紳士が入ってきても、まったくおかしくなかった。その紳士は授業が終ると事務室にやってきて、近くアメリカへいくことになっているので、通訳はあちらで雇うけれど、タバコを買ったり、レストランでビフテキを注文したりは自分の英語でやってみたいから、その程度だけの英語会話を教えてほしい。毎日、六時に、社長室へ教えに来て下さるまいか、というのであった。その紳士の淡灰色のツイードの背広を見ると、どうやら本物の手織りらしい、ほのかなあたたかさとふくよかさが匂っていて、『二〇世紀ペン・フレンドの会』とはよほど感触が異なる。なにげなくハンカチをとりだして鼻を拭うと、低く低くおさえたオー・ド・コローニュの香りが一滴こぼれ落ちそうである。なんせわしは小僧からの叩きあげでっさかい教育ちゅうもんを知りまへんのや。むきつけにそんなことをいいだすのではあるけれど、それが野卑や僻みとはひびかず、むしろ微笑したい謙虚の底深さと聞えるのだった。給料は事務長が苦労人らしいおだやかな小声でかなりのハッタリの数字を呟やいたが、紳士はニコニコ笑い、ちょっと頷いただけで呑みこんでしまった。そのおっとりした頷きかたと、あたたかい羊毛の匂いのするホームスパンのツイードを見ていると、どうやら今度は切手で素ウドンを食べるようなことにはなるまいと思われて、たのもしかった。

さっそく翌日から初歩英会話の出前をすることになり、以後しげしげと道修町《どしょうまち》のビルの社長室に出没する。社長室は小さいけれど四面の壁がチェスナットの厚板で張られ、深いカーペットが敷きつめられていて、スウェードの革張りのソファに腰をおろすと、不安をおぼえるくらい深々とゆっくり体が沈んでいくのである。うっかりすると泳ぐような手つきになりそうである。それからやおら授業ということになるのだが、これがむつかしいことは一切ごめん、ただタバコを買ったり、ビフテキを注文したりの程度でいいのだと一本釘を刺されているから、はなはだ気楽である。しかし、それでは一回か二回で終ってしまいそうだから、基礎をしっかりやりましょうということになり、日本語にないL音とR音の違いとか、THの発音とか、T音をL音でやるアメリカ英語の癖とかをもっぱらベニヤ板ごしにおぼえた要領で講義した。日本人の発音でアイ・ラブ・ユーというと、〝私はあなたを撫でる〟というぐあいにひびきかねないし、ヤキメシのフライド・ライスをちょっといいまちがえると〝シラミの空揚げ〟ということになるからなどとオドケながらの講義だから、ときどきこんなことでお金をもらっていいのかしらと疑いが水虫のようにはびこってくる。しかし、それをはびこらせすぎると〝食べる〟という至上命題が侵されることになるので、疑いがこみあげるたびにそっぽ向くことをおぼえた。

ビジネスでは紳士はなかなかの辣腕と才覚の持主であるらしかったが、勉強となるとまったく気まぐれであり、散漫であって、注意力が持続するということがなかった。新しい英会話の本を買ってきてレッスンをはじめても三回か四回やるとイヤになり、べつのテキストでやってくれといいだす。そこでつれだって心斎橋の書店へ出かけると、マンガ入りの本を見つけ、これがいいという。しかし、その本も三回か四回やると飽いてしまって、またべつの本にしようといいだすのである。そして一時間のレッスンが終ると寝台のように大きいクライスラーを運転して京都や神戸へドライヴし、高級料亭へ入っていく。しかし、料亭のお座敷でつぎからつぎへと料理がでてきても自分は脂肪過多になるからといってほとんど手をつけない。芸者や仲居を相手にいまおぼえたばかりの英語をオドケて誇張して喋って、ヤキメシとシラミの空揚げはどうちがうかとか、I love you と I rub you はどうちがうかとか、いちいち、苔まみれの紫ばんだ舌を露出してやってみせるのであった。料亭やバーの女をどう笑わせるかが紳士の遊びのコツであるらしいことをはからずも教えられることとなったが、それに気をとられていると、教えるために金をもらっているのか、教えられるために金をもらっているのか、だんだんとわからなくなってくる。そんなにまじめに反省しなくてもいい席のように思えるが、かならずしもそうでもあるまいと思える気配もどこかにあった。

神戸で遊んで夜の阪神国道を大阪に向って走りつつ、紳士がハンドルをたくみに操りつつ、先生は学生なのになんで働らかなあきまへんのやと、たずねる。父がとっくに死にまして、敗戦で家をかたっぱしから手放しまして……一連のおきまりの身上話をする。聞き終ってから紳士は吐息をつき、そうでっか、お気の毒ですなァ、わしが父親《てて》代りになったげまひょか。そういう声にちょっと異変を感じさせられ、おやと体をたてなおして対応しようと思うよりさきに、紳士がハンドルから片手をはなして、やんわりと手をにぎりにかかる。たっぷりの脂肪で柔らかくなり、少しあたたかく湿めった手で、執念があるのだろうか、いささか強くにぎりしめる。じわじわと体温が手から腕へと這いあがってくる。そこでさりげなく手をひき、体をひくと、紳士の手はハンドルにもどった。しかし、その瞬間、何かしらはげしい、言葉にならない嘲罵の声を聞いたような気がした。

＊

祖父はいつも家の奥座敷にいる。その座敷は日光が半分しか射さないので、半分はつねに薄暗くよどみ、半分はその日その日の空模様で明るくなったり、暗くなったりした。その座敷に万年床を敷いて、祖父は寝たり起きたりして日を送っていた。豪酒家の祖父としては朝昼かまうことなく酒を飲みたかったのだが国の崩壊といっしょに生涯の汗の果実が霧散してしまったので、また、年来の友人、知人ことごとくが死んでしまい、わずかな親類も日夜の奔走に追われているらしくて、誰ひとりとして訪れなくなったので、しらふのままで小机に向って新聞を読むか、そうでなかったら仏典を読むかするより、時間のつぶしようがなくなった。しかし、新聞を読むといっても、八月十五日の御一新以来は〝敗戦〟を〝終戦〟といいくるめるような性質の新語や造語がノミのように紙面に跳ねまわるばかりなので、孫にでも聞かないことには、理解のしようがないのだった。そこで祖父は、メモをつけることをおぼえ、ひとかためにしておいて、孫に質問し、鉛筆を舐めながらそれを大福帳に書きつけ、その大福帳を辞典がわりにして新聞を読むという習慣になった。そのヴォキャブラリーの大半は孫が覗いたところでは、カタカナであり、英語、フランス語、ドイツ語などが入り乱れていた。〝オオ、ミステイク〟とか、〝アベック〟とか、〝アルバイト〟などというのがあり、〝バクダン〟、〝メチル〟などというのもあり、〝アプレ〟、〝アトミック〟、〝バンザイ・アタック〟など、多種、かつ、多相にわたっていた。

孫は家をいやがって遁走することにふけっているのだが、たまに日曜日に家にいたりすると、祖父に呼ばれて奥座敷へいって新語の御進講を申しあげた。〝アベック〟とはもともとフランス語であって〝……といっしょ〟という意味の単語だけれど、今では男と女がいっしょに歩く、いっしょにいる、ということをすべてそういうようになった。〝アプレ〟というのは、これもまたフランス語であって、〝……のあと〟という意味。〝アプレ・ゲール〟の略。正しくは〝アプレ・ラ・ゲール〟かもしれない。〝戦争のあと〟ということ。要するに〝戦後ッ子〟ということであって、親の反対することなら何でも大好きという若者のことだけれど、なかには親でも息子の真似をしたがるのがいるからけじめのつけようがない。〝アルバイト〟はドイツ語や。正しくは〝アルバイテン〟といって、〝働らく〟ということ。学生の副職。サイド・ワーク。あ、これは英語や。何もかも英語まみれの時代なのに〝アルバイト〟や〝アプレ〟だけがドイツ語、フランス語になってるのはなぜかわからないけれど、そういうことになってしもたんやね。

あなた、どこで働らいてるんですか？
ええ、ある売店《アルバイテン》でね。

教室にたまたま顔をだしたときに教授が眠気ざましにカマした語呂あわせを、そのまま祖父にカマして、顔色をうかがっていると、三拍か四拍ぐらいおいてから、やっと、おぼろな微笑がひろがる。額が高く、鼻が高く、眼が眉のなかに落ちこんだ、岩をきざんだような祖父の佶屈《きっくつ》の顔には見るたび何かしら畏服させられるものをおぼえ、いつもろくろく正視ができないのだが、たまたまそうしたときに破顔して眼が笑うと、顔のすべてが童顔になるのだった。そして祖父がいそいそと鉛筆をとりなおして大福帳に書きつけにかかり、口のなかで、あるばいてん、あるばいとなどとつぶやいているのを聞きとどけてから、孫はそそくさと家を出ていった。

＊

手に握りしめた砂が指から一粒か二粒こぼれ落ちる。その程度のゆとりがポケットにできたときにはすかさず映画館へ出かけて費消した。しかし、一度映画を見ると、手に握りしめてあるものにもひどくひびき、そのあとは食事を一食か、ときには二食、ぬかなければならなかった。電車賃も節約しなければならないから、歩いて帰るということになる。新世界あたりで映画を見ると歩いて家まで帰るのはさほどこたえないけれど、ナンバ・千日前界隈で見ると、ちょっとこたえる。地下鉄の駅でいうと、難波《なんば》から大国町、大国町から動物園前、動物園前から天王寺まで、三区間ある。それから地上へ出てつぎは近鉄に乗る。これが阿倍野《あべの》橋から河堀口、河堀口から北田辺と二区間である。合計して五区間になる。それは電車の線路にしての距離だけれど、これを歩くとなると、なかなかのものになる。それを背骨に胃がひっつきそうな空腹をかかえてテクテクやらなければならないのである。しかし、ついこないだまでの戦時中には靴で、下駄で、しばしば裸足で、のべつ歩かせられていたのだから、とくにひどいこととは思えなかった。映画館を出たときにはたいてい湯気をたてるほど頭と心が煮えかえっているので、ストーリーを反芻し、科白《せりふ》を反芻し、シーンを反芻しながら歩いていくと、いつのまにか家へ帰りつくことができる。膝がふるえだして歩くことはおろか、立っていることもできないくらい自身をイタめつけ、圧伏してしまうこと、自己克服には、いつも新鮮な悦びをおぼえさせられた。それが、たとえば、『スミス都へ行く』というような作品を見たあとでは、ほとんど疲労らしい疲労もおぼえないうちに帰りつくことができた。これは正義派の議員になったジェイムズ・スチュアートが国会で二十四時間ぶっつづけに弾劾演説をブチまくるというシリアス・コメディーだが、若いスチュアートの熱狂的な演技は焼跡や線路ぎわを何時間歩いても微笑させてくれた。

国外亡命のほかの何にも執念を抱けなくなっているので、日本映画よりは外国映画を見ることが多く、千日前の奥のオリオン座にかようことが多かったが、いつ入ってもたいてい満員なので、そして、いつでもトイレの悪臭が館内にただよっているので、映画というものは人の耳と耳のあいだから覗き、たえまなく他人の呼吸の音を耳に聞きつつ本を密室で読むようなものであること、そしてたえまなく酸っぱい御叱呼の匂いがしないことには完全になれない心の技なのだとの定感、もしくは諦観を抱くようになった。足が充血してふくれあがるのを右足に踏みかえたり、左足に踏みかえたりして、しじゅう体重を移動しつつ、ヒーローたちの科白に耳を澄まし、かつ、眼を字幕にそそぎ、字幕より一秒でもいい、一言半句でもいい、日本語が読めるよりさきに外国語を聞きとることに没頭した。ときどき眼を閉じてサウンドだけに耳を傾けてみることもあったが、そうやっていくつかのシーンがわかったつもりになって眼をひらき、つぎのシーンを見ると、聞いたのとはまったく別の科白が字幕に出没しているので、狼狽したり、絶望したりした。

しかし、一食か二食、食事をぬいてまでして映画館に入るのだから、入ったかぎりは及ばずながら徹底的に吸収してやろうと思い、二度も三度も繰りかえし見物して、耳にのこる一言半句をヤスリにかけ、蒸留し、精錬することにふけった。そのため、映画館に入ったのは正午少し前だが、出たのは夜の八時、九時をまわってからだったというようなことがよくあった。飲まず食わずでまるまる一日を闇のなかにすわりこんですごすのである。映画館から出ると夜もたっぷりふけていて、道や、水たまりや、看板や、商店など、すべての事物がどこか遠方の見ず知らずの町のそれのように見え、眼も頭もふらふらなのだが、不安をおぼえるほど新鮮であった。それほどまでしても頭にのこった外国語といっては一語か二語あるやなしということからくる不安もあるが、うっちゃった一日のあとへ空白がなだれこんでよろめくことからくる不安もあり、ヒリヒリと骨にまでしみてくる。せかせかといそぎ足になって難波から大国町、大国町から動物園前、動物園前から……ちょうど地下鉄が走っていると思われるルートの地上を汗まみれになって歩いていく。そうやっていると不安がいくらかしりぞき、異国の光景が浸透してきて腰をすえ、現実そっくりのものになってくれる。

歌の入っている映画にぶつかると、ちょっとボーナスをもらったような気分になれる。おぼえやすい歌もあればおぼえにくい歌もあるが、ひりつくような空腹のために耳がたっているので、一語か一行かが耳に入ると、夢中になれる。それをとめどなく繰りかえし繰りかえし暗誦しながら道を歩いていくと、五区間も六区間もさほど苦にならなかった。たとえば『大いなる幻影』のなかでは収容所から脱走したフランス人とユダヤ人の兵隊が着のみ着のままで雪のなかをさまよい、やけくそになって民謡を歌って口喧嘩をする光景があるが、これは一日すわりこんで三回か四回繰り返して眺めたらどうにかこうにかおぼえることができた。この歌はその後も長生きしてくれ、今でも呼べばいつでもたちもどってくる。

Il était un petit navire
Il était un petit navire
Qui n'avait ja, ja, jamais navigué

Qui n'avait ja, ja, jamais navigué
Ohé! Ohé! ... Ohé! Ohé! ...

一度も航海したことのない小さな船が長い航海に出発して、嵐に遭って、ああなって、こうなってと、オエ！　オエ！　を一番ずつにつけて十番、十五番と長い物語を歌っていき、そのあげく最後には、もしこのお話が面白かったらもう一度はじめから歌いましょうという、フランスに昔からある、子供のうたう民謡だなどということはずっとのちになってから知ったことである。

ほかにいくつかの歌をアメリカ映画やドイツ映画についてやっぱり一日すわりこんで必死になって耳をこらしておぼえていった。しかし、そうやって一曲おぼえるたびに、国外逃亡は一歩ずつなぜかしら確実に遠ざかっていくように感じられてならなかった。

＊

寺田町の闇市の掘立小屋でバクダンとカルピスを教えてくれ、天王寺公園で掻き屋のおばはんが植込みのかげにひそんでいることを教えてくれた友人とは、何となくそれっきりになってしまい、ふたたび出会うことがなくて日も月も歳も過ぎてしまった。小学校、中学校、高等学校と進むにつれてそれぞれ知りあった友人たちも、ほとんどすべて、それっきりになってしまった。のべつ手から口への生活にふけるしかないので時間と頭が奪われてしまったからという口実は立派に成立するけれど、自身と孤独におぼれすぎ、なじみすぎてしまったのが真因であるかもしれなかった。もしそれらの友人とミナミなりキタなりの路上で黄昏に出会うことがあったら電車賃をはたいてでもパイ飲み屋に入って焼酎を立飲みしてから別れたいものだという気持はいつもあったのだけれど、とうとうそういうことは一度も起らなかった。入学式にも出席せず、卒業式にも出席せず、その後の歳月、同窓会にもついぞ一度も出席しないで三十年が過ぎてしまった。狷介《けんかい》、非情、人間嫌い、はにかみ屋、ものぐさ、内向、何とでも呼べるようだが、それぞれ的中しながらも十分であるようには感じられない。

映画を見るためには電車賃をはたかねばならないが、酒を飲むためにもそうしなければならなかった。映画と酒とどちらを選ぶかとなるとこの時期には一も二もなく映画であって、酒浸りになるのはもうちょっと後年になってからであった。しかし、ちょっとでも大人の真似や身ぶりをすると不安が薄れるだろうかという気持もあって、この時期にもけっして乾きっぱなしであったわけではなかった。例の掘立小屋ではじめてカストリ（バクダン）焼酎を飲まされたときには、コップの¼もすすらないうちに倒れてしまったが、失神する直前に視野いちめんをガラス屑が埋めて初雪の原野のように輝やいていたことと、澄みきった音楽が鳴りひびいていたことだけは忘れようにも忘れられない。そこで、もう一度それを眺め、聞くことができはしまいかと、どこかで期待しつつ、ほんのときたま、屋台のパイ飲み屋におずおず首をつっこむことがあった。串カツかドテ焼（牛の屑肉や筋や腱を味噌でトロトロ、浅い鉄鍋で煮込んだもの）を一本か二本。バクダンを一杯。だまりこくって敗残兵姿の大人と大人にはさまれてそれだけをやってみるのだが、バクダンはコップの半分も飲まないうちに全身に異変がまわり、屋台から出ていくらも歩かないうちに、ふいに歩道がむくむく起きあがってきて、顔を直撃するのだった。動物園横のゴミ箱のかげや地下鉄の天王寺駅の構内の暗がりに自分の吐いた甘酸っぱいゲロのなかに鼻と口をつっこんで倒れたことが何度もあった。

それで汚辱の甘さをおぼえたのだ。肉体の苦痛は切傷であれ、痙攣であれ、キリキリと嚙みついてしゃにむにもぐりこみ、嚙み裂き、しぼりこみ、しぼりあげてくる。その諸相をひたすら呻めき呻めき耐えるうちに、きっとどこかに一つの段階が生まれ、苦痛がかえって気持よく感じられるようになるものである。ふつう嗜虐《しぎゃく》と呼ばれている感情である。それが心にも生じるのであって、暗い駅のすみっこの、びしゃびしゃと下水のたまった壁ぎわに顔をつっこみ、頭を抱えて全身をひくひくさせ、串カツやドテ焼のねろねろの半ちぎれが甘酸っぱい胃液といっしょになってぶちまけられている、そのなかへ顔をおしこみ、ねじりこみ、必死になって嗚動と争いあううちに、嫌悪、汚辱、あてどない憎悪の沸騰のさなかで、ふいに悪臭も汚穢《おわい》も気にならなくなり、もっと落ちろ、もっと汚れろという衝動がむらむらこみあげ、雨上りのぬかるみのなかで犬が泥に体をこすりつけてころがりまわるように、ゲロのなかをころげまわりたくなるのだ。たくなる、だけではない。すすんで顔をつっこんでころげまわらずにいられなくなるのである。ザラザラしたコンクリート壁がふいに消えて深沈と広大な闇がひらけ、それは闇なのか、燦爛なのか、必死になって眼をこらすのだが、苦痛と吐気の大波におそわれるたびに消えたり、輝やいたりして、ついに見とどけられない。

そのあいだにも電車が着き、乗客が吐きだされ、ころげまわる気力も失ってひくひく喘ぐ体のよこを無数の靴が通過していく。靴音は耳のすぐよこをざわざわのろのろと通過していくが、人の声は、はるかな輝やく頭上に聞える。ときどき鋭い嘲罵が耳に入ってくるが、誰かべつの酔っぱらいを罵っているように聞えることもある。それは嗚動でぼけた耳には、罵声のはずなのに、ひとりごとか、嘆息のようにひびく。

ある声は、

「なんや、子供やないか」

といってる。

ある声は、

「戦争には負けとないなァ」

といってる。

ある声は、

「どないなってんねん」

といってる。

＊

たぶん『二〇世紀ペン・フレンドの会』にひっかかってもがいていた頃ではないかと思う。森下辰夫というまったく有名でない学者が帝塚山《てづかやま》学院の放課後の一室を借りて語学塾をやっていることを教えられ、英語、ドイツ語、フランス語を一時間ごとに切換えて授業しているので、そのフランス語の講座にかようこととなった。この先生の教え方は日本語を徹底的に使わず、いちいち身のまわりの品をとりあげて、パイプなら〝ピィプ〟、マッチなら〝アリュメット〟というぐあいに、赤ン坊に言葉を教えるようにして教えるという流儀であった。うっかり日本語で答えると先生は不機嫌そのものの顔つきになってそっぽを向き、生徒がへどもどしながらフランス語にもどるまで待ちつづける。先生は生徒たちの噂さによると、英、独、仏のほかにスペイン語、ロシア語、中国語も流暢、堪能であり、バスのなかで出会うと一心に何か奇妙な字体の並んだ本を読んでいることがあるけれど、どうやらそれはヒンドゥー語らしいとのことであった。それだけ博大の才識があるのに世渡りが下手で突ッ張ってばかりいるものだから大学をつぎからつぎへとクビになり、万年浪人をつづけているという。そろそろ学者気質の安手な下劣さに気づく年頃であったから、中年のいい年頃になっても謀叛気《むほんぎ》にふりまわされて落魄に甘んじているらしいこの先生の姿態はまことに好ましく眺められた。教育方針も好ましいし、何よりも街頭の赤い羽根の募金運動程度の授業料が好ましかった。しばしば停電になるので、闇のなかに豆ランプをおいたり、ローソクをたてたりして、壁にゆらゆらと頭の影が怪物のようによろめくのを眺め、先生の声と一問一答でわたりあう一時間は、さまざまな苦患《くげん》をよこへおしのけ、忘れさせてくれた。この塾でフランス語をおぼえて映画館へいくと、カタコトながらもフランス映画が解読でき、言葉が砂に水滴のしみこむようにしみこんでくれた。ときたま、一滴ずつではあるにしても……

　ある日、いつものように授業が始まるのを待つために何人もの生徒が廊下に佇んでいたが、そこにひとりはなれて黄昏の校庭を眺めている青年がいた。やせこけた、猫背の青年で、古風な鳥打帽をかぶり、顔は白皙だが、鋭い眼をしていた。何となく声をかけて話しあううちに家へ遊びにくるよう誘われ、そのうちガリ版の同人雑誌の同人になるよう説得され、以後四十年近くの関係を持つこととなった。これが谷沢《たにざわ》永一であるが、おなじ中学校の一年上の上級生であった。この頃にはとっくにおたがい中学校は卒業していたが、在学中に彼は学生騒動をひきおこし、説得にきた校長以下すべての教師と論争していい負かしたという伝説をのこし、下級生全員に得体の知れない畏怖をあたえて消えたのだった。その後、共産党に入って活動したらしいが、この頃には除名され、いっさいの政治活動をやめ、ガリ版の同人雑誌に斎藤茂吉論を少しずつ連載していた。誘われるままに家へいってみると、隣家と自宅のすきまの狭い露地に鳥の巣をかけるようにして書斎をつくってもらい、その床から天井までの書棚にギッシリと本をつめこんで暮していた。冬の寒い夜には闇市で買ったらしい航空隊のパイロット服を着こんで背を丸めている。この服にはニクロム線が入っているので、プラグをコンセントにさしこんでおくと、身うごきはできないけれど全身がポカポカとあたたかくなるとのことであった。しかし寒がり屋の彼はそれでも足もとが冷えこむといい、これまた闇市で買ってきた何かの石を火鉢に入れ、それをテーブルの下において、両足をふちにのせている。それは何の石かわからないけれど、水をかけると熱を発するという奇怪な物である。火鉢に石を入れて水をかけると、火も何もないのにやんわりホカホカあたたかくなるというのである。

この書斎には狂喜させられた。借りだした本をノートにつけておくこと、かならず返還すること、この二つの条件を守りさえするのなら、いつでも、何冊でも持っていってよろしいといわれたので、恍惚となった。文学作品についていえば内外、古今を問わず、ありとあらゆる全集があり、単行本があり、歴史物、伝記物、紀行物も目白押しであった。そこへ哲学、心理学、経済学なども山積みになっているので、いつも夜おそく書斎へ入っていくたびに古本の岩壁、高原、峠、川、湖、森を眺めわたして、処女峰征服を決意したアルピニストのような昂揚をおぼえさせられた。荒涼と孤独が夜昼なしになだれこんでくるのではあるけれど、この書斎と書物があるかぎり、何とか踏みこたえることができた。ただし、ほとんど一冊ごとに感服して影響をうけ、深遠、壮烈、謙虚、華麗、奇異、明澄、痛烈、素直、綺想と、右へ左へふりまわされ、浸透されて、悩乱させられるのが苦しかった。そのため間断なしに発光して茫然とならされるのだが、谷沢はすでに自身を発掘して手にしっかりと保持し、評論家になるのだと思いきめて歩んでいるように見えた。それを見るとたった一歳しかちがわないのに十歳も年長のように感じられて頭が上らなかった。ことに議論になるとまるで歯が立たず、ああいえばこういわれ、こういえばああいわれ、手に負えないのである。尨大な素養と記憶力を総動員して純粋志向、完全衝動のおもむくままに冷嘲、痛罵にかかり、砂の一粒を砕くために一トンハンマーを落下させにかかるので、たまったものではなかった。そのうちいくらもたたないうちに酒を飲むと一変してだらしなくなり、ぐにゃぐにゃのクラゲとなり、アハハ、ムフフと笑ってばかりになるとわかったので、風向きがおかしくなるとすぐさま焼酎をねだることにきめた。しかし、飲みにかかると、彼が軟体動物と化すのはいいとしても、こちらもすぐさまタハ、オモチロイと口走ってアフアフ泳ぎだしにかかる。どうしてもそうなってしまうので、論題から眺めればつねに結着を避けてさきへさきへとのばすことになり、これは果てしない停戦会談のようなことであった。ここからいつからとなく逸脱と韜晦《とうかい》を偏愛する癖が身についてしまった。

三日にあげず唐草模様の大風呂敷を持って谷沢の書斎にかようようになる。いくときも帰るときも風呂敷は本でいっぱいなので、朝に近い時刻の、暗い、爽やかな町を重荷で汗ばみつつ歩いていると、古本屋の丁稚が夜逃げにかかる姿態と見えたかもしれない。本を持って帰るときはわくわくして海賊か宝石泥棒になったような気持がし、返しにいくときは富豪が税金を納めに出かけるような気持になれる。谷沢の家は広くて暗く、そこに天井まで父上の家業であるベニヤ板が山積みされている。その糊くさい、暗い峡谷をぬけていくとガラス障子があって、明るい茶の間になっている。そこに父上、母上、谷沢、その弟、その妹が、大きなチャブ台をかこんですわっている。この茶の間からすぐに階段を二階へあがるようになっているのだが、風呂敷包みを背負ってそれをあがって書斎へいこうとすると、父上がきっと待ッタをかける。

この人は骨太で、背が高く、全身のどこにも贅肉がついていないが、無駄がないということでは心身ともに徹底していて、髪が一本もない。その禿頭は小さくて、固くひきしまり、頑強そうに光っている。父上はニコニコ笑い、まァ、お茶でも一杯といってチャブ台につかせ、粗茶と粗菓を供応しながら、自身の苦難にみちた一代記と自慢話を開陳にかかるのであるが、そうなると、谷沢、その弟、その妹など、毎夜のように聞かされているものだから、うまいぐあいにいつのまにか姿を消してしまう。そこでひとりでハァ、ホゥと感嘆しつつ話を聞くことになる。父上は何千回とおなじ話を繰りかえすうちに淡々の口調を身につけられたらしき気配であるが、雄心勃々《ゆうしんぼつぼつ》の自慢はちらちらと見えるというぐあいにブレンド率をわきまえておられる。とくにお好きなのは他人をどうダシ抜いてやったか、悪《わる》を相手に間一髪でどう上前をハネてやったか、エラそうにしてる奴をどうやって足をスクってやったかという種類の、いかにも大阪の下町商人らしい、乱世の小英雄としての悪漢談であった。この頃、父上は老朽した小学校を競《せ》り落して解体し、材木は材木、窓ガラスは窓ガラスと分類してひきとり、それでアパートを建てるという事業にいそしんでおられるかと見えたが、そこでアリのように群がる同業者をどうやってダマし、スリ抜け、ハネ、ゴマかしたかの悪漢談は、どうでもいい他人の身上話として聞く分には、愉快であった。思わずスクみたくなるような辛辣とエゲツなさと狡智が、大人の知恵が、いたるところに閃めいていて、ドキドキと不安になったり、おびえたりさせられた。この父上はずっと後年になって長男の谷沢永一のために家を建ててやったが、その家を案内しつつ、息子の家なのにどこでどう手を抜いたか、それをどうウマくやったかと誇らしげに語り、いつまでも気の強いところを見せて、呆れさせられたものであった。しかし、谷沢にいわせると、この人物が一度挫折すると内心にのめりこんでしまって狂疾に陥ちこみ、精神病院に入れられるが、面会にいった谷沢の顔をまじまじと眺めて、あなたはどちら様でしょうかと、たずねたというのである。これくらい精悍で辛辣な人物でも息子の顔を忘失するほど沈下してしまうことがあると聞かされる。

ピクニック、ハイキング、登山、スキー、釣り、その他、いっさいの娯楽をやったことがない。何年となく、ただひたすら働らくこと、読むこと、議論すること、そして焼酎を飲んで倒れることだけに没頭してすごした。十代後半、二十代全部がそうだったから、十数年にわたって飽きもせず、ただこれだけを繰りかえしつづけたのである。貧乏のどん底だったから、したくてもできないので、ということはあったけれど、かりにやりたかったらやれるという状態におかれたとしても、やったかどうかは疑わしいかぎりである。つぎからつぎへと谷沢が無限に古本を仕込んでくるので、読むのに追われ、川岸の焚火の香りや、夕焼けの山峡をかすめるキジの尾羽の閃光などは、ただすぐれた作品の紙の中で読むだけであった。谷沢は古本業者の鑑札を持っているので、古本市があると、一般公開のまえにやる業者の見立会に出て買いこんだり、売ったりするのだった。その財源はどうやら父上ではなく母上であるらしかった。父上は評論家というけったいなものになりたがっているこの長男に匙を投げ、もっぱら次男に後継ぎをさせようと物心ともに偏愛をそそいでいるらしく観察できたが、母上はあべこべにこのとめどない書鬼の長男を愛し、いつ見ても隠忍と寛容の風貌そのものでニコニコ微笑しつつ、すかさず握るものだけはしっかり握りとって長男につぎこみつづけているらしかった。顔をあわせさえすれば焼酎を飲んだけれど、その代金が払えないので心苦しくてならず、同人雑誌の会費も払えないので心苦しくてならなかったが、それらはすべて母上の手からこぼれていたのだったろうと思われる。そこで後年、会社員になってはじめて月給をもらったとき、せめてもの〝お返し〟と思って谷沢をバーにつれだし、壁の黒板に書いてあるメニュを、マーティニ、マンハッタン、ジン・フィズ……甘いも辛いもおかまいなしに一つのこらず飲んだ。二人とも足腰は立たないし、眼も見えなくなるという泥酔状態に陥ちこんだものだった。

ところで。

梶井基次郎の『檸檬』は剝離の心を描いた短篇であるが、衰退の不幸をみずみずしい讃歌に転じている。中島敦の『文字禍』という短篇はまったく論じられることなく埋もれたままになっているが、古代アラブの碩学が文字には精があるのだろうか、ないのだろうかという疑いにとりつかれ、研究をかさねるうちに性慾も食慾もいっさいの官能が薄弱になり、最後には文字の精に復仇され、山積みの粘土板が崩壊し、その下敷になって死んでしまうというストーリーである。ユーモラスで明澄な、悠々とした文体で不幸を戯画化することに成功している。『悟浄出世』もおなじ試みといえる傑作であるが、ここにあらわれる不幸は自己懐疑による剝離である。この人は短い生涯のうち一貫して文体をいろいろと変えて一つの主題を追求して去ったかと思われる。また、林語堂によれば蘇東坡《そとうば》は〝よろこばしき天才〟と呼ばれているが、この詩人の尨大な作品のうちに、

〝人間文字ヲ識《シ》ルガ憂患ノ始マリ〟という一句がある。後世になって魯迅が引用して筆禍の災厄をまぎらすために使った一句である。もともとは権力者に迎合できない知識人の不幸をさした詩句であって梶井や中島が抱いた心をさすものではないはずと思われるが、末世の偶然の子が〝憂患〟の一語をとらえて自身の病疾をそれになぞらえる放恣は、この寛容な詩人なら、ひょっとしたら許してくれるかもしれない。

つぎからつぎへとあまりにたくさんの本をひっきりなしに読みすぎて心が食傷を起したのか、それとも、憂患の一生のうちのどこかで一度はきっと出会うことになっていたものであって、暴読は引金にすぎなかったのか。いつからとなく、夜ふけに本を読んでいると、紙のなかで文字が解体する現象に遭遇するようになった。〝山〟なら〝山〟、〝川〟なら〝川〟という文字が、音もなく一瞬のうちに分解してしまって、なぜ山なり川なりがそれらの線の組合わせで表現されなければならないのかが、わからなくなるのである。するとそれまで読みたどってきた意味の群れはたちまち霧散してしまう。寝ころんだまま全身が恐怖で凍りつき、とらえようのない不安に占められる。体のまわりに不意に奈落の穴があいたように感じられる。それが一度ではすまず、何度となく発生し、繰りかえし繰りかえしあらわれ、昼も夜もかまうことなくあらわれつづけるうちに、剝離が常態となってしまった。自宅に近所の子供を集めて塾をひらいて国語や数学を教えてやっていたが、この剝離の気配がきざしてくるのを、ふと感ずると、口がきけなくなる。何か喋ろうと思って口をひらきかけて、そのままになってしまう。一瞥を浴びてその場で石化してしまうのだ。ビルの地下室で生徒たちに英語を合唱させているうちにそれが頭をもたげると、黒板のまえでチョークを持ったまま、しびれてしまいそうになる。いそいで三歩、四歩と歩きまわり、何でもかまわない、石化がひろがりきらないうちに手をうごかして黒板にあたふたと円を描いたり、！を描いたりして、まぎらそうとする。ひとりでいるときにそれが起ると、一瞬で全心が凍結して、指一本うごかす気力もなくなってしまうのだが、他人の視線を浴びる場所にいるときなら、汗まみれの思いでどうにかこうにか上潮《あげしお》のさきへ一歩の差でぬけだすことができた。夜ふけの街を必死になって、汗にまみれ、喘ぎ喘ぎ、目的ある人のいそぎ足で歩いていく。歩きに歩き、靴音よりさきに歩き、自身に追いつかれまいと歩き、感じず、考えず、ひたすら歩いていくと、どうにかこうにか脱出に成功することがある。そのかわり足がふるえだしてじっと立っていることもできなくなる。心は鬼火であるらしかった。文字も鬼火であるらしかった。物であると同時に影でもあるらしかった。凝視してはならないのだった。凝視を凝視してもいけないのだった。一瞥で全容を感知してすばやく眼をそらさなければならない。そうしないと燃えつきた紙が指の下で崩れるように、カードの城が一息の呼吸で崩れるように、すべてが崩れてしまう。もし崩れるのが避けられないのなら、その一瞬の一瞬さきをすりぬけてしまわねばならない。

このことは誰にも打明けなかった。不安と焦躁でいてもたってもいられないのだが、母、叔母、妹の誰にもいわなかった。谷沢永一にもいわなかった。何かしらそれは女々しくて憚られることのように感じられてならない。打明けるとした場合にどう説明したものかと考えることはしばしばあったけれど、いざとなってみると苦痛が強大なのに茫漠としたとらえようのなさばかりが感じられ、手がかりが何もなく、はげしい羞恥もからみあって、いよいよどうしようもない。しかし、どうかくしたところで眼や肩さきや後頭部あたりにはありありと露出しているはずだとも思われるので、人に会うのが億劫に感じられてならず、家庭教師、英会話教師は持時間いっぱいを何とか殻の形を保ってうっちゃることに苦慮し、時間が終るのを待ちかねて逃げだした。あてどなくむやみにひたすら歩きまわって自身を粉砕してしまうこと、金がありさえすれば映画館にもぐりこんでしまうこと、そんな足掻《あが》きかたをしてこみあげてくる自殺の衝動からすりぬけた。その衝動はこれ以後いつまでも明滅しつつ、つきまとってはなれない鬼火となった。

某日、谷沢永一といっしょに街を散歩していると、椎寺《しいでら》町のあたりで突然、彼がたちどまり、思いあぐねたように顔をあげて、しばらく絶交したいといいだした。家へくるのはいい。本もノートにつけさえしたらいくらでも持っていっていい。けれど、口はきかないでくれ。理由らしい理由は何ひとついわず、ただそれだけいって、冬の暗い道を去っていった。眼がおびえ、爛々と暗く輝やき、はじめて目撃する顔になっていた。両手をぶらさげたままその後姿をだまって見送るしかなかったが、何故かしらその声に自身を感じさせられた。濃く、深く、強く、自身を感じさせられた。自身の声をはじめて自身の耳で聞くように思わせられた。

*

〝絶交〟は宣言されたけれど、〝お出入り〟は許されていたので、その後もときどき、いつもの大風呂敷を持ってかよった。書斎に風呂敷包みをかつぎこんで、借りた本を返し、ノートに×をつける。ついで書棚のあちらこちらをあさって新しく本を借り、ノートに書名をつけ、風呂敷に包んで退散する。そのあいだ書鬼は蒼ざめた顔に眼をいらだたしげに暗く光らせているが、ひとことも口をきこうとしない。ただ黙りこんですわったきり、石像のようにうごこうとしないのである。家族の誰も異変に気がつかないでいるので、父上はいつものように他人のウラをかいた話をするのに上機嫌だし、母上は二コニコ笑って粗菓や粗茶をすすめて下さるのだったが、書鬼は書斎にこもったきり、おりてきて仲間に入ろうとはしなかった。何が鬱屈しているのか、察しようがないけれど、眼を見ればいまにも炸裂、解体しそうになるのを必死でこらえているのが、ありありと読みとれるので、闖入は何としてでも避けたく、彼の家へいく途中で、何度引返そうか引返すまいか、立止ったかしれなかった。かついでいる本が重いために、思案に暮れるとしても、電柱か、塀か、ゴミ箱かに荷物ごともたれかかるしかないのだが、そうやって息をついていると、夜逃げかコソ泥にそっくりと思えるので、あわてて起きなおって歩きだすのである。

これはしばらくつづいたが、ありがたいことに、いつとはなくもとにもどることができた。書鬼の眼にはふたたび光点が入り、冗談や猥談にうちこみ、焼酎を飲んで泥のようになって笑うことを回復してくれた。何故、〝絶交〟を宣言したのか、その心境なり症状なりはついに後年になっても一言も説明しようとしなかったが、こちらもつっこんでたずねようとはしなかった。しかし、こういうことはそれまでに起ったことがなかったので、どれほど親しくなっても人の心は性癖や型で分類し、規定してしまってはいけない、つねにかならず未知の領域があるものとして一歩のゆとりをのこして接しなければならないと、教えてくれたかのようであった。若さは過剰である。過剰であることに気がついていない過剰である。求めることが多すぎることにいらだち、与えられることが少すぎることにいらだち、虚無を眺めて老成したようでありながら、それに幼く溺れてしまう。

ずっと後年になってアラスカへ釣りにいったとき、巨大な野生のレインボー・トラウトを釣ったが、それを逃してやるときには、いきなり魚を水に投げてはいけないと教えられた。苦闘のあげくに岸へ寄せられた魚はくたくたに疲れているから、水へ投げられると窒息してしまう。両手を川につっこんで魚を支えてやり、魚が力を回復するまで、たとえ指が凍え、爪が白くなっても待ちつづけてやるのだ。ガイド役の若い魚類学者がそう説明しつつ、川に入り、魚を両手で支え、やがてゆらゆらと魚が泳いでいくのを見送りながら、

「魚も水に溺れることがある」

と呟やいた。

たまたまひどい宿酔《ふつかよい》だったから、

「人はウィスキーに溺れることがある」

いくらかまぜっかえし気味にそういったところ、青年は渦を巻いて流れていく蒼い、深い川を眺め、しばらくして、ひとりごとのように、

「人は魂に溺れることがある」

と呟やいた。

Man can drown in soul.

このさりげない、慣用語句のような一言とその青年の声は、いつまでも耳にのこって消えない。この一言のために一章を設け、その章の最後に銘刻として残したいとまで思う耳の知恵であるが、たまたまここに書いておくのである。書鬼の憂鬱の発作も精神病理学的症候でないのならば、〝魂〟に溺れた結果であったと思いたいのであり、まだ泳ぎ方もよくわかっていない若年の咳《せ》きこみであったと思いたいのである。そして咳きこんだのは、彼だけではなかった。誰も彼もが水を飲みこんでむせていた。

書鬼はそれまでにすでにガリ版の『えんぴつ』という同人誌を主宰していた。どこでどうやって知りあいになったのか、あちらで一人、こちらで二人といったぐあいに同好者をつまみよせて同人にして、これまたどこからかつまんできた中国の版画を表紙にのせ、合評会を、お寺、公会堂、同人の下宿先、しばしば書鬼の書斎などで開き、わやわやがいがいの茶話会を愉しんでいた。帝塚山学院の森下塾の黄昏の廊下で知りあいになって書斎へひきずりこまれ、焼酎を飲んで点検され、どうやらそれでお眼鏡にかなったらしくて同人の一人にされたのだが、合評会に出席して粗茶をすすったり焼酎を飲んだりして議論にふけり、同人の小説や、評論や、和歌などを叩くことはできても、自分で書くことは一行もできなかった。書きたい、書きたいとあせる心は沸騰しているのだが、内外のあの作家、この作品と、読めば読むだけ一作ごとにのめってしまい、圧倒されるばかりで、何か書こうと思ってもペン先に一行ごとに他人の名言がひっかかり、一歩も出られなくなるのだった。読めば読むだけいよいよひっこむよりほかないのに読まずにはいられず、ひとつひとつ感服のほかない。それでいて何やらもやもやと心にたぐまって昂じてくるものがあって、書きたいと念じずにはいられないのだが、原稿用紙を買ってきて机にひろげて、いざ、書こうとすると、一言も書けず、半句も書けない。わらわらと殺到してくるのはすでに読んだ内外の無数の作家、詩人、評論家、史家、随筆家、歌人、哲学者などの卓言、箴言、ときには山岳のような、ときには泡のような、それでいてそこから一歩もぬけでることができない言葉ばかりであった。

すべての書《ふみ》は読まれたり
肉はかなし

これは学生運動で走りまわっているはずの向井敏が、たまたま貧乏寺の一室でひらいた同人会の席で、マラルメの一句だといって呟やいた一行だったが、雑談、猥談、酔談のさなかなのに耳に釘をさされたようにひびき、昆虫がピンで刺されたみたいになってしまった。しばらくたってから、何かの本で、〝すでに本はたくさん書かれすぎている〟という諺がトルコの無名の人民のあいだに流布されていると教えられると、止めの一撃を刺されたように感じてしまった。仲間と議論にふけっていても、ふとその言葉を思いだすと、たちまち冷めたい風が流れこんで昂揚が消え、言葉が口のなかに石コロのようにころがって唇からこぼれようとせず、呑みこんでしまうしかないのだった。夜ふけに本を読んでいて、ふと、そう書いてはいけない、こう書くべきではあるまいかと思って、あれこれと言葉や文体を考えにかかることがよくあるが、そんなときにも、いや、どこかにすでにそれはそっくり書かれた本があるのではないかと思うと、すべてが凍結してしまう。そしてそこにたちどまって文字を凝視しているうちに、音もなく無残な解体がはじまる。あわてて眼をそらしたときは、いつもすでに遅すぎる。

谷沢書鬼は徹底的な考証家で完璧魔であったから、彼の書きつづけている斎藤茂吉論について議論するとなると、みんながびくびくして足も腰も浮いてしまう。誰も煮えたぎる薬罐にさわって火傷したくないから、とにもかくにも尊敬して祭りあげて遠ざかることを考える。そのため本人はいくらかいい気持になれるけれど何やら佗しくてならない顔つきで薄ら笑いを浮べるしかないということになる。この男が一度、論争にかかると、それは議論というよりは論断の連続になってしまうのだし、反論のたてようもないので、敬遠の一途しかないのだった。向井敏はこれにくらべると、詩人の神経がそよいでいるので、はるかに膚を接しやすいのだが、極端な羞恥癖があって、何かひとことといいかけてもつぎの半句にさしかかってもぐもぐと言葉を呑みこんでしまうので、あとはこちらが想像でいいかげんなところを憶測するしかないのだった。それでいて自説は絶対に曲げようとしない頑固と潔癖があるから、その点はたのもしく端正なのだが、そもそも何をいいたいのかが半分しか言葉にならないので、全身を托してよいのか、半身を托してよいのかのけじめがつかず、いつも不安でならなかった。これほどのはにかみ屋が全学連のような手荒いところでどんな演説をブッているのだろうかと思うと奇怪でならないのだが、彼はそのことについてはひとことも語ろうとしなかった。そしてそのうちに離脱し、つぎに新世界のジャンジャン横丁の雀荘に沈没し、借金がかさんで身ぐるみ剝がれ、谷沢書鬼が書斎から這い出して救出に出かけることとなる。こちらはこちらでその頃には女と駈落ちして子供をつくってしまって二進《にっち》も三進《さっち》もならなくなっていた。

すべては書かれつくされたと思いこんでいるので、同人になるにはなったけれど、例会に顔を出して焼酎を飲んでさわぐよりほかに何の能もない。主宰者の書鬼はそれを見ていらいらし、何か書け、何かしろと催促してやまない。そこで向井敏と相談し、ルイ・アラゴンの詩を飜訳することにした。これは〝飜訳〟というよりはフランス語の勉強、しかも絵でいえばデッサンのようなものであったが、時計屋の職人が歯車を一コずつ分解して油で洗ってまた組みたてなおすような、清浄な愉しみがあったので、何夜も没頭することができた。アラゴンの本は丸善では入手できないので、向井敏が京都まで出かけ、日仏会館のショー・ケースにあるのをいちいち筆写して持ってきた。アラゴンのほかに、アンリ・ミショオ、ジャック・プレヴェールなどもあり、無智は力なりで、かたっぱしからとりついたが、プレヴェールは簡潔でいきいきとした俗語で語りつつ象徴にまでイマージュを高めていくのにあっぱれな巧みさを見せ、訳しながら一語、一語、感服させられた。そのうち飜訳するものがなくなると、シャンソンを訳すこともあったが、プレヴェールはもちろん、サルトルまでがグレコのために即興で『ブラン・マントォ街』などというシャンソンを書いてやっているのだから、同人雑誌にシャンソンの飜訳をのせてもさほどおかしくはあるまいと考えたのだった。

『遅い朝』というプレヴェールの詩。

その一節。

…………

コーヒ　犯罪　黒い　血
お偉方が　まっ昼間
家の近所で　咽喉を切られなさった
臆病な犯人が　盗んだのは
たった十銭玉二つ
つまり
コーヒ一杯と
バター付きトースト二切れに
給仕へのチップ代にきっちり
という次第だ。
亜鉛を張ったカウンタの上で
固煮卵の割られる
静かな物音は
おそろしい

飢えた男の
こころのなかで
ひびくときは
おそろしい

〝コーヒ〟は〝コーヒー〟とすべきだろうし、〝カウンタ〟は〝カウンター〟。〝固煮卵〟は〝ゆで卵〟でよかったと思うが……

同人の職業は、会社員、小学校教師、印刷工場経営者など、さまざまであったが、みんな年長者であり、妻帯者でもあり、おっさんであり、おばさんであった。その一群を親がかりの身分の、ずっと年下の、独身の学生である谷沢が主宰者としてとりしきり、互角以上に悠々とふるまっているのを見るのは毎度のことながら奇妙な光景であったが、書斎人のくせに彼は世間智が言動によくしみこみ、何事についても早熟、かつ老成している。西陽《にしび》の射しこむ貧乏寺の毛ばだった古畳にあぐらをかいてすわりこみ、粗壁《あらかべ》にもたれ、焼酎を茶碗で一滴ずつすすりながら、諸氏の雑談に耳をかたむける。金の話、女の話、酒の話、虚実ないまぜの大人の雑談には歯のたてようのないしたたかさやユーモアがあり、大人の身ぶりをすることに夢中で、そうしてさえいたら昼夜を問わずに体のまわりにせめぎあう不安を何とかまぎらせるだろうかと思いこみ、感じこんでいる心にとっては、刺すような辛辣も、のしかかるような威迫も、しばしば堅固な繭のように感じられた。とにもかくにも耳学問だけは仕込みにはげみ、それを口さき、舌さきに移して一人前のものいいかたをすることに熱中したのだが、発達したのは耳と舌だけで、心はいつも隙間風におびえていた。口さきだけはいっぱし悪ずれしたもののいいかたができるようにはなったけれど、たまたま耳に入る自身の声は少女のように甲ン高くて、幼稚であり、ギョッとたちすくみたくなるのだし、それを意識しはじめると、心はカードのお城にすぎなかった。

いつごろからか、このアミーバのような一群に一人の女がまぎれこんできて、仲間の一人になった。同人の合評会の日と場所は同人にしか知らされてないはずなのにその女はどこからか一人で乗りこんできた。眼が大きく、頬骨が高く、唇のたっぷりしたその女は、はじめのうちは一群の末席にすわりこんでおとなしく耳をかたむけているだけで、会が終ると誰にも挨拶しないで、一人で去っていったが、そのうち同人の議論に口をはさむようになり、しばしば熱中すると高い声で議論をブツようになった。はなはだ気の強い女らしくて、一度コウだと思いつめて議論しだすと一歩もしりぞかずに自説を主張しつづけ、負けそうになるとアアだ、コウだといいまぎらす。しかし、ときどき奇妙に柔順にあっさりと自説をひっこめることもあって、オヤと思わせられるのだが、そんなときには眼や肩さきに一度に羞恥があふれて〝女〟っぽくなるのであった。カスリ傷ほどの欠陥が我慢できなくなって昂揚し、自説にこだわるあまり言葉が言葉を呼ぶ熱狂に達し、ときどき机を手で連打したりする、唐辛子のようにヒリヒリしたところを見せるので、たちまち〝カルメン〟と仇名がつくようになった。そのうち何となく女の口から、奈良女高師の物理・数学出身で、大学にかよって原子物理学を専攻したこともあるが、いまはウィスキー会社の実験室で熟成の基礎研究をしている。詩を書くのが好きであちらこちらの新聞に投書して入選したけれど、尊敬するのはマラルメ、ロートレアモン、ランボォ。近き将来にチャンスさえあればこの世を去りたい、自殺したいという志向の持主だと、自己紹介した。そういう口ぶりには全否定の激情がほの見えて、ホ、ホウと思わせられるのだが、ときどき女が実験室から薬瓶に入れてちょろまかしてくるウィスキーの原酒には、もっとホ、ホウと感じ入らせられ、カルピスや焼酎にうんざりしている舌はたちまち畏服してしまった。焼跡育ちの十代後半の若者に熟年原酒《モルト》の味がどれだけ吸収されたかは疑問のかぎりであるけれど、ドブロクと粗製焼酎しか知らない舌には、その薬瓶の一滴、一滴は絶妙に浸透した。いくらか酔った眼で眺めると、唐辛子のように怒ってばかりいる女が、自身は一滴も飲まないか、カナリアのようにすするだけで、あとは男たちがたわいもなく叫びかわす光景を面白そうに眼を輝やかせて眺めているだけという姿態には、日頃の青酸ッぱいトゲトゲとはうらはらの〝女〟ッぽさがあって、そんなことは眼のすみにひっかかる一瞬の光景なのだが、それゆえにいよいよ酔わせられた。

　おいおい知りあっていくうちにカルメンはいつもいつも男を敵と怨んで突ッ張ッているばかりではなく、外見の強硬にも似合わず、感じやすくて、傷つきやすく、かすかなカスリ傷にも全身で流血して無駄に苦しむ心性の持主らしいと、ほの見えてきた。完璧主義者の心性があり、それにこだわって執するあまり、時あって机を両手で叩きたてる熱弁家になるのだが、女そのものにあたえられた優しさと繊細はたっぷりと、どこかに持ちあわせているらしく、それらはひたすら外界へ出たがっているらしいのだが、惨苦の時代の経験と女子近代教育が、陰に陽にさまたげているかのように思われた。しかし、女に誘われて道頓堀《どうとんぼり》を歩いたり、心《しん》ブラをしたり、時計屋の〝オメガ〟のネオンが故障して〝オメ〟までしか映っていないのを見て、消えたのは〝コ〟だろうか何だろうかとバカをいいあってたがいに笑いころげあったりするうち、臍の下の良心なき正直者は膨脹に膨脹し、ジュースでふくれあがり、脳よりさきに突ッ走りたがり、心身の中心はそこに移動したかのようになってしまった。昼夜をかまわず肉迫してくる不安や孤独にもかかわらず、それらがそうであればあるだけ、この未知の同居者はいよいよ貪欲、強硬、場所かまわずということになり、ズボンのなかでふくれあがるばかりであった。ここからたちのぼって全身に波及する憂鬱は原因がハッキリとわかるだけにいよいよ鬱屈してくるのだが、排除の方法と機会を知らないので、じれて、ゆがみ、智も理もねじまげてしまう。それに我慢ならなくなってもとへもどそうと思うのだが、もともと智や理は生まれたばかりで、やっと同棲しはじめたところだから、気質や習性もわからないでいる。しかも困ったことに、女はどうやら七歳も年長であるらしいのに童女であるらしいから、導きかたを何も知らず、眼を怒らせて自殺するというばかりなので、いよいよ手のつけようがなかった。

某日。

中之島の公会堂の一室を借りて例会の合評会を始め、いつものように焼酎をすすりすすり議論となったが、そのうち焼酎がなくなったと思うと、どこからかジンとサイダーがあらわれた。電気冷蔵庫が登場してからはどこでもいつでも氷が手に入るようになったけれど、この頃はそんな物は神話としか見られていない時代であったから、また、ジンの飲みかたもまったく知られていない時代であったから、ストレートのまま、茶碗ですすった。いやに松脂《まつやに》くさい酒やな、とか、テレピン油がまぜたんのとちゃうかとか、ぶつぶつ異論はあったけれど、酒が問題なのではない、酔いが問題なのだという議論が勝ち、そうや、そうやということになった。そのうちストレートですることをやめ、サイダーで割って飲みはじめたが、氷ぬきだから、異臭のするラムネを飲むようであった。全員気がつくとへろへろになっていたので合評会をやめて解散となったが、もう一度気がつくと、女と二人で手をとって御堂筋を歩いていた。それまでに何度となく反省したあげく良心なき正直者の突ッ張り一途《いちず》のおしあげにそそのかされて、いつか強姦してやろうと決意を秘めることとはなっていたのだけれど、どうやら今がチャンスであるようだった。見れば女も松脂ジンに酔ってふらふらと歩き、しきりに笑ったり、拍手したり、演説したりというぐあいなので、いよいよその気になった。もつれもつれすかさず肩を抱いたり、お尻に手をやったりして歩いたけれど女が怒って沸騰する気配を見せないばかりか、妙にうるんだ眼を輝やかせてしなだれかかってくるので、良心なき正直者はいよいよ昂揚した。星菫《せいきん》派の語源は洒落者の一説によるとギリシァ古昔《こせき》の逍遥学派の一派の男女が昼は林をさまよって哲学を議論し、黄昏になると草むらで交媾することから出たと説く。つまり草むらで男が女にかぶさると、女の耳もとにゆれるスミレの花が男には見え、仰向けに寝ている女の眼には夕空の一番星が見える。ここから星菫派というコトバが生まれたのであって、それはアリストテレス逍遥学派に由来するという、泡のような曲解説である。しかし、この頃はサカサクラゲも、ツレコミも、ラヴホテルも、モーテルも、何もないのだから、怪酒で煮たてられた男女は星を眺めるしかなかった。

歩いていくうちに御堂さんにさしかかり、その境内が板塀で囲んであるのを見つけ、板塀に穴があいているのを見つけたので、女をさそってもぐりこんだ。するとそこはどこにでもある焼跡で、砕けた瓦とコンクリート屑の暗い原野であった。ペンペン草やアカザが茂っているだろうが、スミレなどは思いもよらない。歩けば足もとでガサガサと瓦礫の崩れる音がする。ちょっとした小高い山があったのでいきなり女をおしたおして、抱きしめ、口を吸うと、女もぶるぶるふるえながら吸いかえしにかかる。テレピン油くさい怪ジンの匂いが若い女の爽やかな息にのると爽涼に感じられた。唇、顎、首、乳房と、吸いさがっていき、片手でパンティをひきおろし、こちらのズボンをおろしたままではよかったけれど、まッ暗闇なので、何が何やら、どこをどうしたものやら、まったくわからない。いいかげん酔っているものだから、オヘソかと思うと毛が生えているし、もっと下かと思うと膝小僧にあたるし、このあたりと思って突きにかかると、しとどに濡れた毛にあたるばかりで、浸透のしようがない。

狼狽して、まごまご小声で、

「どこや、どこや？」

たずねると、

女はうわずったまま、

「どこかそのへんやワ」

といいすてる。

うろたえてもぞもぞとまさぐるうちに若すぎる正直者は良心がないくせに感銘のあまり門前失礼、一挙に吐いてしまった。背骨を突進する悦楽が脳にひびき、キラキラ輝やく晦冥《かいめい》が全身を呑みこんだ。ずるずると足場の瓦礫が崩れおちるのを二つの膝で突ッ張り突ッ張り、ぐびりぐびりと吐瀉《としゃ》に体をゆだねると、女がやさしく肩を抱きしめ、うわごとのように何かひとことと、ふたことつぶやいた。がっくりと女のうえに倒れこむと、突然、外界がよみがえった。御堂筋を走る無数のタクシーの光と音が、空にこだまし、板塀の裂けめからなだれこみ、光がむきだしのお尻を冷めたい水のように舐めた。夜の都市が地ひびきたてて二匹の息もきれぎれの昆虫をおしつぶして疾走していった。からっぽの暗い体内に響きが乱入し、充満し、わきたった。

＊

それからしげしげ女の家にかようようになる。女は阪和線の我孫子《あびこ》駅からてくてく野道を歩いてたどりつく一群の貧しい棟割長屋の一軒に一人で暮していた。もともとは築港方面に暮していた一家が空襲で焼けだされてそんなところへ落ちのび、敗戦後もそこで暮していたのだが、いくらかゆとりができると古巣が懐しくなって焼跡の築港方面に当時流行の〝トントン葺《ぶ》き〟の小さな家を建てて引越していき、女だけがその棟割長屋にのこって気ままに一人暮しをしているのだった。両親、妹一人、弟二人、計五人のわずらわしい肉親をていよく追い払って女はどこかの道ばたで拾ってきたネコ一匹と同棲していた。家具らしい家具は何ひとつとしてないがらんどうのあばら屋で、毛ばだってささくれだった古畳が湿気のために妙にぶかぶかと浮き、日光の射す部分は赤ちゃけてひからび、古式一穴落下法のトイレにはいつも暗いすみっこに巨大なクモが土壁に貼りついて、ピンクがかった眼を光らせているのだった。この種のクモはヒトを見ると逃げるばかりなのだが、従弟《いとこ》の安竹一浩と川の掻い掘りに毎日、夢中だった頃から、クモというクモに視野の蒼暗くなる恐怖症の虜にプリント・インされているので、御叱呼も雲古も、気が気ではなかった。ことに春頃の産卵期になると、親のクモが逃げだすのといっしょに、無数の子供のクモがまるで土壁そのものが揺れるように走りだすので、一瞥しただけで全身が凍りついて卒倒しそうになる。本交前のジュースにみちみちた紫ばんだ怒脹も、本交直後の濡れ濡れの半怒脹も、闇に光るピンクの光点を見ると、いっさいがっさい萎えてしまって、気もそぞろになってしまう。

その頃のこのあたりは大阪市の南郊、それもぎりぎりのはずれの地帯であった。駅をおりると、おきまりの小さな広場があり、そのまわりにしがないウドン屋や雑貨店が何軒かしがみついているだけで、あとは水田やイモ畑がひろがっているばかりであった。ウドン屋や雑貨店も駅にしがみついているというよりはイモ畑のふちにしがみついているといったほうが正確であった。駅をおりたらすぐに水田のなかの野道に入るのであり、これまたそういったほうが正確であった。その一本道の野道を春は草いきれにまみれ、夏はしらちゃけた土埃りに眼をしかめてのろのろ歩いていくと、うんざりした頃になって右へ折れて村に入る。これが農家まじりのひとかたまりの棟割長屋の集群であって、めいめいその日暮しの細民たちが毎日眼を伏せがちに、けれど必死に、何となく、その日その日をうっちゃって暮しているのだった。となりの杉本町の大阪商大の校舎が米軍キャンプになっているので、何人もの娼婦が長屋を借りて暮していたが、白昼の、すべての音が消えるかまだるっこくなってしまった日射しのなかですれちがう女たちは、放埒で、活溌で、それでいて眼がうつろであり、どこか凶器のようでもあるが、敗残兵のようでもあった。大きな農家の外周には長い土塀がつづくので、すべての音も光も吸いとってしまうその柔らかで憂鬱でだらしなくあたたかい土壁のよこを赤、黄、黒、白、さまざまな原色のワンピースを着た娼婦が歩いてくるのを見ると、眼のうつろさや膚の荒涼をべつにしても、まるで異人種としか感じられなかった。それといっしょに長身のアメリカ兵が、のんびりと、また倨傲《きょごう》にガムを嚙みつつやってくるのを見ると、でたらめもいいところではあるにせよ毎日のように〝英会話〟を教えにでかけている自分を一も二もなく忘れて逃げてしまいたくなるのが口惜《くや》しかった。書くのならいくらでも、と内心でブツブツ弁解しながら……

女の家は棟割長屋だから軒は低いし、日光は入らないしだけれど、そんなことはどうでもよかった。家に一歩入ると、敷きっぱなしのセンベイぶとんと、その枕もとにネコの餌の米軍放出のアルミ皿が一枚あるきりで、おぼろな日射しのやぶれ畳を、茶、黒、白、だんだら縞の、三流の画家のパレットをひっくりかえしたみたいな縞模様のやせ猫がひいひい鳴きつつよろよろとほっつき歩いているだけである。しかし、そんなことはどうでもいいのだ。フランス語を教えてやるといって、aimer（愛スル）の動詞変化を過去、現在、半過去……森下教授に教えられたままを右から左へうろんなままに女に暗誦させるうち、むずむずウダウダとにじりよって抱きつき、おしたおし、まさぐり……女は女でそれを待ちのぞんでいたばかりのようにガブッと食いつくみたいにして舌をいそがしくそよがせ、あえぎあえぎしばしば男のようないきり声を洩らして全身を反らせる。もやもやの段階のときに、昂揚して忘我のはずの女が奇妙に冷静な半眼をひらき、結婚してくれるんやな、それやったら……と、ハンコを強制するようなことを半ば茫然、半ばしっかりした口調でたずねたことがあったけれど、その奇妙に冷めたい、落着いた眼の深い意味のことは何もわきまえず、ただもう侵攻、突撃、突入、味了にひたりきって、アア、モウ……など口走ってしまった。それが以後三十余年にわたる拘束となろうなどとは知ることもなく、予感することもなく、ただもう現在アルノミと思いつめて、とことんグラスのふちを舐めることから底まで一滴のこらず飲みつくしてしまったのだった。結婚してくれるんやなと、女がダメをおす瞬前と瞬後で軀《からだ》がどう変ってしまったか。さとらないでもなかったのだけれど、たちどまって沈思するよりもその変化のめざましさに何よりかより心身を奪われてしまった。薄っぺらな万年床のまわりをみじめな猫がとぎれとぎれに鳴きつつ小さな息の音をたてて歩きまわるのを耳もとに感じながら、全裸で二人でたたかいあった。あばら屋のなかで光るものといっては燦爛の汗のほとばしりしかないが、絶望にそそのかされてヒリヒリしながら、猥語、卑語を叫びたてて二人しがみつきあったまま光耀のほの暗い淵にころげ落ちていった。

合評会や、喫茶店や、シンサイ橋筋の路上では、かねてから女は、眼にする人と事物を鼻さきでせせら笑い、口癖のように、何かといえば二言めには、自殺するんや、といいつづけていた。炭だ、火だ、ディン、ディン、ディンというランボォの詩の一節をたえまなく口にし（……ときどきロートレアモンやマラルメもまじったが）、花火として散るのが唯一の願望であるかのように語っていた。それを口にするときの女の眼は怒っていて、深く、暗く、いさぎよいところがあった。その眼にひかれるあまりあばら屋で二人きりになると、やにわに挑みかかり、犯したい一念だけで励んだのであったが、自殺するのなら……という考えからくる下心が旺盛にあった。その女が交媾の瞬前に、さめきった半眼で、結婚してくれるんやな、とダメをおすとは想像もつかないことであったが、品がいいとはいえないこちらの下心を読みとられないようにという打算もあり、かつ、あの、つねにどうしようもない良心なき正直者のはやりたちにそそのかされて、ムグムグ口ごもって同意ととられる発音をしてしまったのだった。男は助平の下心で挑み、女は打算でそれを歓迎したのであったが、交歓そのものの圧倒的な魅惑のさなかには何もかも熱い汗にとけて、どうでもよくなってしまい、ただ、〝現在〟を貪りたい一心で渦にころげ落ちてしまったのだった。

あばら屋にかようようになってしばらくすると、よれよれの一閑張りの机にむかって女がすわり、粗茶や粗菓をおくようになった。その気配りは男をこよなくなぐさめてくれたが、そのうち夫婦箸《めおとばし》が出現するようになった。一つの箸箱のなかにちょっと長いのとちょっと短いのと、二つの箸がワン・セットになって入っている箸箱である。それがいいかげんなものではなくて、かなりしっかりした漆塗りの箸箱であるということに気がついたとき、どこかで一瞬、ダマされたとはいわないまでも、何かしら罠にかかってしまったという知覚が閃めいた。そのうち女は、どこからか布地と綿を大量に買いこんできてチクチクと手と針で縫いはじめ、力士がすわれるほどのざぶとんをつくりあげて、よれよれの一閑張りの机のこちらにおき、ひくひく笑いながら、お上《かみ》、すわってチョウ、とふざけるのであった。むぐむぐとそれに腰をおろして、あぐらをかいてみると、厚い綿がゆっくりと沈んでいってやがて底につく感覚があり、そこから何やらもやもやと柔らかくたちのぼるものがあり、その感触は尻や腰からじわじわと浸透してきて、全身にまろやかにひろがっていった。

茫然として、女の顔を、

「……？」

見ると、

女は満足しきって微笑し、

「ええ気持でしょ？」

という。

よろよろしながら、

「自殺する、自殺する、いうてたやないか。あれはどうなったんや」

とたずねると、女は一瞬たじろぐ気配を見せたけれど、たちまちたちなおり、それでもいくらかはにかむところはあるらしく、体を妙なぐあいにねじって、ちょっとためっていたが、たちまち敢然と背骨をたてて、

「心変りは女の特権というやないの」

といった。

そしてつぎに、

「自殺はいつでもできるよってに、ちょっと、のばしてみようという気になったんやね。もうちょっとこの世に生きててもええ。そんなこともあると、わかったんや。こんなええことがあるとは、私《うち》も知らなんだ」

けろりとした顔で、そんなことをいうのだった。この瞬間に罠の歯がいよいよしっか

り足に食いこんで、どうにもならなくなった感触があった。このとき決然と、おれのは性愛であることはたしかだけれど、恋愛であるかどうかはまだ疑問なんだと、一言、釘をさすべきであったが、それは一年後、三年後、五年後の、後知恵とでもいうべきものであった。

扇風機もなければクーラーもない時代の若者としては、女を夏の夜につれだすとなれば、近くの大和川の河原か土堤《どて》しかないのだった。河原は石コロがたくさんなので背中が痛くてしようがないと女が訴えるものだから、土堤のいくらか平場になっているところへつれこむということになる。無数の虫のひめやかなすだきと夜の草のしっとりした息づきのさなかでの交歓は、あばら屋での狂騒よりよほど晴朗であり、淡泊でもあり、ことに男の立場からすると女体を通じて深厚な大地の芯部まで精を射入する巨人感覚に没入できるので、没我と捨棄にそれまで知らなかった壮大と謙虚が加味されることとなった。しかし、交歓のさなかにふと眼をあげると、草の穂のあいだあいだにいくつとなくまぎれもない子供の坊主頭と思えるものが見え、いっせいに息を殺してこちらを凝視しているらしき気配があるのだった。出歯亀小僧たちが顔も眼も見えないけれどひたすら息を殺して熟視にふけっているらしき気配はまざまざとつたわってくる。そこで、女の腹の上でいつまでもいつまでもぐずぐずのろのろうごめいていると、やがて小僧たちは飽いて、二人消え、三人消えして、どこかへ去ってしまう。それから〝本番〟に入ってトチ狂えばいいのだった。

交媾についての問題はいくつもあったけれど、当時としては妊娠をどう避けるかが、最大であった。コンドームを使えばいいし、ゼリーを使えばいいし、そんなことはわかりきっているけれど、それらを買うお金そのものがないのだから、あきらめるしかない。ままよ突撃で侵攻するのはいいけれど、もしも種子が苗床に定着したら医者へいって中絶をたのむことになるが、そのお金もない。ピルなどという器用な物のある時代でもなかった。とすると、オギノ・サイクルによって、カレンダーに×印と○印をつけ、それをふりかえりふりかえり事にあたらねばならぬということになり、ひたすらそれを守っていたのでもあったが、困ったことに情熱は不定形であり、そうであることが面白いということもあるので、しばしばビクビクしつつカレンダーを守ってみたり、やぶってみたりした。どうしても危険だとわかっているときにはニギリメシ(フェラチオ)でごまかすしかないが、そのうちにこれはオナニーとおなじように代用食でもあるが主食でもあるのであって、それ自体の独立した妙味を愉しむべきであると、悟るようになった。しかし、以上のタブーすべてを避けるように努めても若すぎてジュースにあふれすぎる良心なき正直者がいきりたちはじめると、(……またそういう場合がじつにしばしばありすぎるのだが)、瞬間抜去法によるしかない。女をさきに昇華させておいてから、やにわの一瞬にひっこぬいて女の腹の上に放射するという方法である。これはアタフタじたばたしてそのあげくは空虚しか入手できないのだから、うんざりさせられるのだけれど、ほかにいい手も思いつけない。アラスカの川にさかのぼってきたサケのオスの産卵行動そっくりだなと、思ったりもする。

(……それからずっと後年になってから海外放浪に出かけ、西ドイツのバド・ゴーデスベルグに滞在したとき、ある大学生とシュタイン・ヘーガーを痛飲すると、彼は赤裸々に自分の性生活を告白し、まったくおなじ行動をとっていることを告げた。彼はカトリック教徒であったから一切の人為的な抑制手段を禁じられているために最終手段としてその行為に出るしかないのであった。しかし、彼はそのことを、誇りにしている気配があって、私ハ強インデスと、表現していた)。

その頃は大阪の南郊のはずれにも冬らしい冬があった。朝早いときに起きると水道の水が凍りついていたり、野道に霜が水晶のように凝結していて靴の下でピシピシ音をたてて割れたりすることが、常識であり、常感であった。そんな冬のさなかにセンベイぶとん一枚で男女がからみあうと、寒冽と発汗が入りまじりあって、ヒリヒリ味は異様にたかまるのである。しかし、瞬間抜去法をやって一コきりの凸凹《でこぼこ》の洗面器に発射し、忘我のなかであえぎあえぎ横眼でチラと眺めると、洗面器からゆらゆらと湯気がたちのぼっていることがあった。子猫はおびえるのといっしょに睡気《ねむけ》で半分とろけ、フトンの裾にしがみついて、眼を閉じていた。または、眼を閉じることをよそおっていた。

某日。

音という音が消滅したような日曜日のけだるい午後、万年床にあぐらをかいて灰皿の吸殻からシケモクをつくっていた。吸殻をひろって一コずつ分解し、ひろげた新聞紙に集め、焦げた部分だけを捨てる。残ったのをよくかきまぜ、指で紙に巻いて喫うのである。いろいろなタバコの葉がまじることになるが、おおむねはいがらっぽい、妙な味である。

女が寝そべったままで、

「とまったらしい」

と呟やいた。

「……？」

「できたらしいヨ」

「何が？」

「赤ちゃん」

「……！」

「もう二ヵ月もアレ、あれへんねん。アレはときどき遅れたり早ようなったりするよってに注意して見てたんやけど、どうもこれは本格やね。できたらしい。告知はなかったけれど受胎したんや。計算したら来年の七月か八月やね。出産は。いそがしゅうなるよ。おむつ作ったり、産着作ったり」

女は起きなおると指折りかぞえるようにして母親の古着をあげ、あれはおむつにしよう、これは産着にしようと呟やきつづけた。どうやらこの二ヵ月間に何から何まで考えぬいたらしく、二人口も三人口も変りはないというから暮しを切りつめたら赤ン坊の一人ぐらい養えるやろとか、イヤ、しばらくは母親に預ってもろてもええなとか、あれは四人も育ててるんやし、孫はかわいいやろから喜んでやってくれるやろとか、ひとりごとをいいつづけた。しかも眼をしっとりうるませてニコニコ微笑し、満足と自信にみなぎり、腰にどっしりと肉がついたようであった。ふてぶてしいような、悠々としているような、ついぞ見かけなかった沈着ぶりである。

のろのろシケモクを巻きつづけたが、顔があげられなかった。暗い体のなかを冷寒が突ッ走り、じわじわ恐怖と不安がしみだし、ひろがってくる。これまでに恐怖は何度も味わったけれど、どうやらこれはまったく別種の新種であるらしかった。一過性ではないのだ。眼をつむって歯を食いしばってこらえたら去っていくというのではなさそうである。干潟の泥に食われて腰まで沈み、あがけばあがくだけいよいよ深く沈み、そこへ沖から潮がさしてきて一センチ、二センチと水が腹を這いあがってくるのをただ眺めるだけしかないようなものではあるまいか。父親になると考えただけで、いや考えようにも考えようのないことなのだが、誰か他人のことのような気がする。学校にろくに出席したこともない、奨学資金をもらうときだけきちんと毎月、学校の事務室に顔を出しはするけれど、あとは明けても暮れても半端仕事を追っかけて歩いている贋《にせ》学生が父親になる。絶望した青い文学青年だけれど何もかも書かれてしまったと思ってガリ版の同人雑誌にシャンソンを訳して仲間の眼をごまかすのが精いっぱいというありさまなのに子供を作る。夜ふけに本を読んでいて白い頁《ページ》のなかで文字が分解することにすくんで眼もあげられないでいることでは精神病者ではないかと思いたい。祖父と母と二人の妹にいくらかでも金を送ってやらなければのたれ死《じに》である。かりに大学を卒業したところで時代は不況をきわめていて鍋の底を舐めたいようなありさまなのだから就職できるかどうかは疑わしいかぎりである。ざっとかぞえてそれだけあるけれど、どの一つをとっても手も足も出せない出口ナシばかりで、ありあまるものといってはたった一つ、臍の下だけではないか。正面から状況を直視してあけすけに裏も表も点検したところがそういうことで、どだい裏も表もあったものではないではないか。

日曜日ごとに女の家へいってはあれを持ち出し、これをかぞえして翻心させよう、できれば中絶させようと、口説いてみるのだが、逆効果にしかならなかった。糞度胸というものだろうか、何をいっても女はとりあげず、鼻さきでせせら笑うようにしてイナし、せっせと母親の古着や古タオルを分解しておむつに仕立てなおすことにふけり、自身に浸りきっていながらどこか超脱の気配さえ漂わせ、ひとりで笑ったり、はしゃいだりするのだった。しかも眼や膚にこれまで見たことのない照りと艶が分泌されて、キラキラと輝やき、その頑強さには絶望させられるだけだが、その美しさは認めるよりほかなく、母は醜し、されど美《うる》わしし、どこで読んだかも忘れはてた一句がにわかによみがえってきてすわりこんだりするのだった。そこで思いあまっておろおろしながら、結婚の登記もしてないのに子供を作ったら子供の身分はどうなるのだ……と、スキをついたつもりで口に出してみた。すると女は待ってましたとばかり、顔をおむつからあげることもなく、大学を卒業してどこかの会社にあんたが就職してから認知の届けを役所に出したらいいんです、就職試験に子持の大学生というんでは会社もけったいな顔するやろからね、私ら《うち》そんなこと、全然、気にしてへんねン。ちょっと。そこどいて下さい。それ、おむつです。またしても何もかも考えぬいた口調でそんなことをいう。何につけよく考えたものだと感じ入らせられるばかりだが、これまでそんな気配は煙りほどにも匂わせたことがない。それでいてセンベイぶとんのなかでは全身で発熱して汗みどろでエクストラヴァガンツァに没頭しきっていたのだから、つくづく〝女〟は油断ならないものではあるまいかと思えてくる。〝同床異夢〟とはこのことかと胸にきたが、さて、どうなるものでもない。

また、某日。

北田辺の自宅の二階で正午近く、うとうとしていると、ふいに玄関の戸のあく音がし、何やらくぐもった女の声がした。何かしら胸騒ぎがしたので、いそいで階段をおりてみると、二人の女がたっていた。一人は女で、もう一人はその母親だと一瞥で知れた。顔はまったく似ていないけれど、気配で一目でそれとわかった。女は珍しく和服を着ていたけれど、気のせいか帯から下がせり出して盛りあがっているように見えた。母親は初老の年頃だがずんぐりした体はどこをとっても丈夫そのものに見え、辛酸と風霜をかいくぐってきたらしい痕跡がいたるところにあった。女がクスクス笑いながら母親の横腹をちょっと突くと、母親はためらいつつも低い声で、しかし、決然としたそぶりで話しはじめた。この子は妊娠してるんですけどあなたの口からいまだにハッキリと結婚するというお気持を聞かせてもろてないといいますので……といいだすのである。口下手ではあるけれど礼をつくした口調で母親としての当然の懸念と憂慮をぼそぼそと語りはじめる。またしてもひどい悪寒が体内を冷めたくかけぬけ、足がすくんでしようがなかった。耳を澄ますと、祖父が座敷の奥で寝ているらしい気配はあるけれど、母、叔母、二人の妹の誰もが留守であるようだった。女はニヤニヤ薄笑いしながら母親の話に耳を傾け、母親が口ごもっていいよどむと横腹をちょっと突く。母親が気をとりなおして喋りはじめ、しばらくいって口ごもると、また横腹をちょっと突く。母親が喋っているあいだ女は澄ました顔で天井を眺めたり、壁を眺めたりし、ときどき薄く笑ったりする。そして母親がいいよどむとすかさず横腹を突く。しかし、これは玄関先の立話にしては重大でありすぎるし、いつ母や叔母が帰ってくるかもしれないので、あわてて二階へかけもどり、学生服の上着をひっかけ、玄関へかけおりると、二人の女にちょっと外出しましょうと声をかけて家を出た。それから駅へいくまでのあいだも足がふるえてとまらないし、母と出会うのではあるまいかと気が気でなく、歩くというよりはよろめきよろめきであった。

駅から電車に乗って阿倍野《あべの》橋でおりると、どこかそこらのいいかげんな中華料理屋へ入った。金がないのでシューマイだけを註文すると、女はメニュを読みあげ、肉だんご、酢ブタ、八宝菜、ヤキソバなど、かたっぱしから盛大に註文した。どうやら母親に払わせるつもりであるらしいと魂胆は読めたが、つぎからつぎへとくるどの皿も箸をつける気になれず、ただ朦朧としたような、それでいてヤキソバが焦げてチリチリになっているのから眼をはなすことができないような、ありさまであった。女はいきいきとはしゃいで、くる皿、くる皿のどれにも挑みかかり、肉だんごも野菜も旺盛そのもので口へはこび、

「今のうちに体力をつけとかんとあかんワ、なァ、おかあさん」

などという。

母親はいくらか元気のない声で、

「そやデ。体力やで。栄養はいくらつけても足らんのやから。これからは二人前食べるつもりで、しっかり食べんと、あかん。そのうちツワリがくるし、あれはつらいもんや。人によってちがうらしいけどナ」

しきりに励ましたりする。

うなだれたきりで顔をあげることもできず、声をだすこともできない。苦労しぬいて生きのびてきたらしい母親には底冷めたくなるような迫力があり、不屈の忍耐があり、図太いほどの自負があり、それらすべてがからみあってひとつになってじわじわと迫ってくる。はずかしさやら愚しさやらが胸いっぱいにつまり、不安と恐怖がそれをくらく

らと煮たてにかかるので、眼まで汗に濡れてしまう。母親は口下手にくどくど、娘から事情を聞かされたときは眼のまえが暗くなったという。七つも年下の大学生で、お父さんもいず、アルバイトで食べてるだけで、就職先がきまるどころか卒業できるかどうかも怪しい学生さんに惚れて、やや子(赤ン坊)まででかしたというんで、これまで何のために苦労して育ててきたのか、いっぺんにわからなくなってしもた。この子はさいわい小さいときから頭がよかったんで好きなままに学問もさせてやり、女学校にも入れてやり、奈良の女高師にも入れてやり、出てからは母校にもどって女学校の先生にもなり、いうままにさせといたら何もかもひとりでしっかりやってくれるんで、苦労の甲斐があったとよろこんでた矢先やったのに。さてこれからお嫁にいかそと思て工場長さんやら何やら、身分不相応なくらいの先方さん、それをこの子はつぎからつぎへ顔も見んうちにことわってしもてからに。どないするつもりやと思てたら、こんなことになってしもて。何もかもワヤになってしもて。しかし、この子がそれでエエというんやから、こんなことは本人次第のこっちゃしと思いなおしたり。なるほどあんたも今は学生さんかもしれんけれどそのうちエライ人になりはるのかもしれんし。人の一生なんてわかるようでわからんもんやねンからとお父さんとも話しおうたこっちゃけど、あの人は酒だけがたのしみなんで耳にどれだけ入ってるのやら、入ってへんのやら。しかし、太閤さんももとは水呑百姓で草履取りやったそうやから男の一生はどこで見てええのかわからんこっちゃし。あんたも学校出たらどんなエライ人になりはるやら、予言なんてでけへんこっちゃし。そんなことになったらあのときあんなことというて責めるんやなかったと後悔してもはじまらんから、今日はもう何もいわんとこと思て家を出てきたんやけど。太閤はんも草履とりやったというし。マ、この子はあんたより七つも年上やけど、そんなことは世の中になんぼでもあるこっちゃし。男の平均年齢は女の平均年齢より五つ六つ下やそうやからそれならいっしょに死ねるんやなと思てみたり……

ぼそぼそもぐもぐと口下手にではあるけれど娘の身の上を心配しての、見まがいようのない真情につきうごかされるまま母親はどうにかこうにか息をつぎつぎして、水の洩れるように呟やきつづけるのだった。ひとことひとことが突き刺さってきて、いてもたってもいられない。いよいよ聞いているのがつらく、いつのまにかシャツが汗で濡れしょびれている。それを聞きながらわざと知らん顔をして酢ブタをさもおいしそうに頰張っている女の横顔は、図太いともつかず不屈ともつかず、したたかそのものである。ようやくこれが〝女〟の本質の一つかと、知恵遅れの子が算数の答えを一つだしたような気になったが、どうなるものでもない。さめきった粗茶を欠け茶碗からすすりつつもぐもぐと呑みくだすばかりであった。そのうち母親はいうだけのことを口に出してしまうと、あっぱれな、しっかりした約言を何ひとつ聞いていないのに、何やら納得した顔になり、冗談や笑声を口にだすようになった。そして二人はテーブルいっぱいの皿にのこったオカズを眺め、もったいないこっちゃ、猫の餌に持って帰ろといいだした。その頃になると女は母親の横腹を突くことをやめていたが、給仕を呼んで紙袋をもらうと、肉だんごは肉だんご、酢ブタは酢ブタ、八宝菜は八宝菜とべつべつの袋に入れて、しっかりした腰つきで重い腹を持ちあげてたちあがった。どうやら猫だけではなくて自分でも食べるつもりであるらしく見える。

この頃のこころのひとつの習癖として、事が何であれ、追いつめられてせっぱづまってどうにもならなくなると、洗ったばかりの寺の門前か、ツタに蔽われた煉瓦壁が見えるようになっていた。まるで条件反射のようにその光景が見えてくるのである。指のさきの傷に執するあまりに全身を忘れる人のことを昔の中国人は〝狼疾者〟と呼んだと聞く。その狼疾者の眼にこの二つの光景は傷も指紋もついていない清浄と静穏そのものに見える。肉眼で見ているとしか思えない確度でまざまざと目撃できる。椅子からたちあがったときに、どこの町の寺ともわからないがすみずみまで洗われた御影石を敷いた門前があらわれた。テーブルをわけてその店を出ようとしたときに、黄昏のほの暗い、しっとりした林のはずれの、ツタに蔽われた古い煉瓦壁が見えた。しかし、一歩踏みだすと、陸橋をとどろかせて米軍の軍用トラックが巨人の城のようにかけぬけた。地響たてて疾過するその物量と速度、爽快なまでに徹底的なその重圧と響きが、寺と煉瓦壁を霧散させてしまった。何もかも砕けてしまった。車輪の下へやにわにとびこみたくなった。

*

何が何でも結婚衣裳を着てみたい、結婚式を挙げたいと女は言張るけれど、今日が今日どう食べていいかわからないという極貧では費用のひねりだしようなど、想像の手がかりもない。何事であれ負けず嫌いと人を指図することにかけては目のない女もこれには不承不承ひきさがるしかなかったが、すぐさま頭をもたげ、デパートの結婚部で衣裳を借りて写真をとればと思いつき、出かけていって調べたところ、結婚衣裳なら腹の大きくなったのもかくせるし、写真撮影のあと一時間だけ別室で食事もできる。それには赤飯もつくし尾頭付のタイもつくと発見して、欣喜した。そこで家族の誰もいないときを見計って母の簞笥から亡父の背広を盗みだしてナンバの高島屋に出かけた。背広は何年となくしまいこんであったのでナフタリンの匂いがぷんぷんしたが、着てみると、肩も腕もどうにかこうにか寸法にあうようであった。それでちょっと大人になった気になり、蛍光燈のついたわびしい廊下に出て姿見に映してみると、一瞥しただけでなけなしの何もかもが音たてて崩れるのを感じた。その鏡に映っているのは栄養不良の、眼のキョトキョトした、糸のようにやせこけた〝少年〟であった。骨組だけはどうにかこうにか〝大人〟になりかかっているけれど、どこからどう見ても蒼白い〝坊《ぼ》ン坊ン〟であった。七歳年長の女を強姦して孕ませるなどという大それたことをやった〝不良青年〟の図太さやふてぶてしさなどはどこにもなかった。飛ぶ鳥の影ほどにも見かけられなかった。人は鏡を見て一瞬の一瞥のうちに弁解、補強、手前勝手の修整、うぬぼれ、さまざまなことをやってのけて去っていくが、このとき残されたのは粉微塵だけだった。そのため日頃の過敏症がさらに昂進し、眼も見えず、耳も聞えなくなるばかりになってしまった。女は図太く、悠々となり、だまりこくってへどもどしているばかりの年下の夫を何かと声低く叱咤してカメラの前に立たせて写真をとった。そして別室へいくと、母、弟、妹などを何くれとなく叱咤して赤飯を食べたり、タイの塩焼をつついたりし、ときどき大口あけて哄笑したりして不屈のところを見せた。仲居風のおばはんがお時間ですといいにくると、またしても残飯ことごとくを紙袋にさらいこんであばら屋に持って帰り、おいしい、おいしいといってお茶といっしょにのこるところなくさらいこみ、それからふいにうるんだまなざしになって、あんたァ、と呟やいて唇をよせてきた。

母はこうした事実を息子から何ひとつとして知らされることなく、影ほどにも感知することなくて、ただ毎日を手から口へと、あたふたと暮すことに追われていた。母には老衰しかかった父があり、出戻りの妹があり、子としては一人の息子と二人の娘があり、資産らしいものはことごとく霧散してしまったのだから、断崖のふちぎりぎりに立っての暮しであった。一人息子がパン工場で働らいてコッペパンやトウモロコシ・カステラなどをかすめとって朝明けに持って帰ると家じゅうがひびきわたるぐらいにみんなそれにとびつくしかないというありさまなのだから、そしてそれよりほかに〝収入〟らしい収入は何もないのだから、その息子が、いつのまにか、女をつくって、孕ませて、結婚式写真までとったということを、本人の息子の口から、罪人の告白のような、不精不精の、しぶしぶの口ぶりでぼそぼそと吐かれたときには、おそらく、暗い夜道を歩いていてふいに深い穴へ落ちたような気がしただろうと思う。息子が手のこんだ冗談をいいだしたのかと思いもしたが、いちいちどれもこれもが事実であるらしいとわかり、しかも逃道もなければ抜道もなく、ただ呑みこまされるしかないと知って、口がきけなくなってしまった。茫然と自失からたちなおってくどくど説教や愚痴をならべにかかったときにはすでに息子は一歩さきへ出ていて、家を出る、仕送りはできるだけのことをするといいだし、それから何日もたたないうちに机一つをかついで家出してしまった。おとなしいとばかり思いこんでいた息子が頑固一徹であることを発見して母は狼狽し、女のせいだ、と思いこんだが、〝男〟になりたい一心の自尊心であることにはずっとあとになってから思いあたった。そしていいだしたらあとへひけなくなって自尊心にしがみつきはしたものの、息子は不安、憂鬱、嫌悪、孤独のごった煮でいてもたってもいられず、めちゃな行動に走りながらも、じつは泣けるものなら声をあげて泣きたくなっているのだと、見抜けただろうか。これからあとにつづく無数の愚行の連環の第一環と正面衝突して途方に暮れ、黄昏時の広い、暗い野原にたったひとりでとりのこされた子供のように足がすくみきっているのだと、感知できただろうか。母は息子に捨てられたと感じただろうと思われるが、息子は自身に捨てられた、または捨てられかかっていると感じこんでいることが察知できただろうか？……

さて。

ある点をこえると汚辱は甘美に感じられるようになるが、自棄も壁をこえると一抹の爽快をにじませるようになる。机は思ったより重いので駅をおりてから女の家まで長い野道をはこぶときは何度となくたちどまって息をついたり、汗をぬぐったりしなければならなかった。しかし、〝独立〟の感覚がヒリヒリと揺曳《ようえい》するのが爽快に感じられ、あてどなくこころはずんだ。それは一日ぐらいは持続したかもしれないが、翌日から暮しの辛酸がはじまると、日光を浴びた霜のようにたちまち消えてしまった。辛酸にはかなり慣れたつもりだったが、女の腹が一日ごとに大きくなっていくのを眺めると、とらえようのない憂鬱にじわじわと犯される。これは新しい憂鬱であった。とらえようはないのだが、着実に全身を浸しにかかり、体を這いのぼり、首をしめにかかるのだった。夜のビルの地下室で英会話を教えつつ、ときどき口をあけても声が出てこないことがある。何かが音たてて暗い体内を雪崩《なだ》れ落ちていくのが感じられ、その途中にあるものを根こそぎさらって落ちていき、声までさらっていくかのようであった。道を歩いていてふいにしゃがみこんでしまいたくなったり、電車のなかでいきなり大きな声をあげたくなることもしばしばであった。自身の軽佻《けいちょう》と愚昧がこんな形でしっぺ返しを食らうのだと思うと、つくづく人生は嫉妬深いと感じずにはいられない。沈黙のうちに精妙に石火の速さで計算し、たちまちバランスをとろうとする。与えられたかと思うと奪われ、感じたかと思うと考えさせられ、濡れたかと思うと乾く。気がついたときはいつもどうしようもなく手遅れなのだ。しかも、おなじ愚昧を何度も何度も性懲りもなく演じてしまいそうな予感も何となく感じさせられる。

明日食べる物が何もないという夢が固定夢になった。これが登場するとあばら屋のセンベイぶとんのなかで冷汗にまみれて眼がさめる。全身がコチコチにこわばり、冷めたい汗にぐっしょり浸され、ひどい疲労をおぼえさせられる。壁の穴のなかでコオロギがひっそりと鳴いているのが、冷笑のように聞える。よこでは女が口をあけて眠りこけ、自信満々の規則正しい息を歯から吐き、火にも水にもびくともしない不屈さで腹の子供を養いつづけている。その、執念深いような、図太いような、平ちゃらなようなタフさには感嘆のほかない。その眠りは獣のものであり、平安であり、静穏であるようだ。あれほどふたことめごとに自殺、自殺といいつづけたのが、いまはけろりと忘れ、一時延期ともいわなくなり、満足からくる艶が頬にも皮膚にも輝やいて、果実のようである。夢の胸苦しさにおびえて男は眠ることを恐しく感ずるようになり、いつか忍も限界点に達するのではないか、いや、もうとっくに達しているのではあるまいかと、くよくよ、どうしようもないことを反芻しつづける。いずれはそれにもくたびれて夜明け近くになってとろとろと溶かされるのだが、その眠りもまた浅い。

オックス・テイル、牛の尻《し》ッ尾《ぽ》が高価な御馳走であることは誰でも知っているが、ピグ・テイルのことはほとんど知られていない。レストランのメニュにも見たことがないし、食経や料理書に紹介されたと聞いたこともない。ふつうピグ・テイルとは清朝時代の満州人の弁髪のことと辞書に出ているが、ここでいうのはほんとの豚の尻ッ尾のことである。これは肉屋にとくにたのみこんで解体場からとりよせてもらうしかないが、誰も買うものがないので、タダに近いくらいの値段である。それは牛の尾よりは細いし、小さいけれど、漫画家がぞんざいに書くよりはずっと太いし、長いものである。針金のようにこわい粗毛が生えているので、まずガス火で軽くあぶって焦がしてから新聞紙で逆にしごいて落し、ブツ切りにして鍋に入れる。匂いを消すためにショーガやゴボーを入れて甘辛く煮る。表面には脂肪があり、その下には肉があり、中心には軟らかい骨がある。つまり獣肉が持つとされているすべての栄養がある。明けても暮れても、どうしようもないので、こればかり食べつづけて、どうにかこうにか餓死をまぬがれた。肉屋はどう料理するのか不思議がってよくたずねたけれど、くどくど説明するのもうっとうしいので、いつもいいかげんなことをいってそそくさと店頭から消える習慣であった。冬の夜に寒い、暗い、荒涼とした台所に鍋ごとほりだしておくと、翌朝には煮こごりになっていて、これをあたたかい飯にのせると、珍味であった。

「いけるヨ、これは」

「ガランティーヌやな、つまり」

「何や、それは?」

「フランスではそう呼ぶらしいデ」

「食べさしてぇな、一度」

「いま食べてるやないか」

二人でうそさむいやせがまんを呟やきつつ食べる。例によって女は呆れるほどの食欲を発揮してもりもり食べる。いつかこれを、ピグ・テイルともいわず、豚のシッポともいわず、〝プー・ド・コション(ブタのはしっこ)〟と呼ぶようになった。そういい慣らわしていると、そのうち、ほんとにパリのどこか下町のビストロでそう呼んでいる店があるような気持になってくる。

もともと神経質で臆病で内向的だったのが、この頃からミザントロープ(人間嫌い)の衝動がいよいよ顕著になり、激しくなって、骨を嚙むようになった。大学には月初めに奨学資金をもらいに出かけるか、アルバイトの口をさがしに出かけるほかには、ほとんどどの教室にも顔を出さなくなった。数少いけれど友人ができなかったわけでもないのにその誰もから逃げるようになり、顔をあわせることを避けるようになった。もともと贋学生としかいいようがなかったのに、いよいよ本格的な贋学生となってしまった。友人たちの誰にも女ができて子供ができかかっているなどとはひとことも打明けず、ひたすら黙りこくって、知らぬ顔でとおした。最終学年のときにはすでに子供が生まれてしまっていたが、みんなは三月に卒業したのに、ひとりで十二月に卒業した。事務室が落第生を次年に留年させる手続きを面倒くさがったのか、何だか、滞納した授業料を納めてくれさえしたら一人で卒業試験を受けさせてやるといいだしたのである。

そこで女がなけなしのヘソ繰りをはたいてとりだした金を持って学校へいき、事務室の窓口で払ったあと、大講堂へいくと、禿頭の民法の老教授がよちよちと出てきて、椅子にすわり、問題と答案用紙をくれた。どんな問題をだされたのか、すべて忘却してしまったが、六法全書その他、どんな本を見てもよろしいという、はなはだ寛容な試験であった。そこで、がらんどうの、冷えびえした大講堂の最前列にすわってひとりで答案用紙をよごしにかかったところ、しばらくして老教授が退屈しのぎに問答をはじめ、なんで君一人いまごろこんなことをしてるんやと、お聞きになる。羞しさをこらえこらえ、小声で、じつは女ができて、子供ができて、金がなくて、それで……口ごもり口ごもり答える。すると老教授は顔をあげ、小声で、君とこは母乳でやってるのか、それとも人工乳か、とお聞きになる。またまた羞しくなって、それが、じつは女の実家に赤ン坊を一時ひきとってもらうことになったのでよくはわかりませんが、女の母親はもうお婆さんですから、母乳はムリな話で、人工乳やないかと思いますが、と答える。老教授は体をちょっとのりだし、やっぱり小声で、それは森永かいな、明治かいなと、お聞きになる。さあ、よくはわかりませんが、森永なら懸賞の一等が乳母車、明治ならユリカゴだったはずで、それなら森永でいこかということになったんやないかと思いますが、と答える。老教授は鉛筆で紙に何かそそくさと書きつけ、なるほど、森永か、乳母車か、などと呟やいている。

そこではじめて疑問がわき、逆問するゆとりができたので、あのォ、先生とこはお孫さんですかとたずねたところ、老教授は見る見る羞恥で頭まで赤くなり、おろおろ口ごもって、それが、君ィ、孫やないねン、子供やねン、息子やねンと、小声でおっしゃる。おどろいたあまりペンをおいて、思わず、へェ……といったところ、老教授は、じつは八月十五日の敗戦のニュースで昂奮し、やっとミリタリズムから解放されたと思ったらうれしくて、うれしくて、それで血が一時に若返ったんやろか、ついヒネたくあんみたいな女房を久しぶりに抱いてしもて、それが一回や二回ですまなかったんで、気がついたら何と女房が妊娠してるやないか。いまさらこの年でと思ったけど、そのままにして子供を生ましてしもたんや。いわゆるポツダムッ子ちゅうわけやね。それでさっきから森永か明治かと聞いてるわけや。そそくさとした口調で老教授はそんなことを説明し、威厳をつくろってかちょっとそっぽを向いて、君、イロハニホヘト以外なら何でもええわ、答案用紙に書きぃな、それでパスやわ、といった。そこで六法全書を見ながら自分でも何のことかよくわからないことを書きつらねて、席をたった。老教授はだまってそれをうけとって、トコトコと講壇から消えた。将、将たれば、兵、兵たりという諺はなかったと思うけれど、この場合はどうやらそんなところであるらしかった。広いキャンパスの冬の薄陽《うすび》のなかをよこぎりつつ、ときどき教授のしなびた禿頭を思いだして、ほろにがい滑稽さに笑いだしたくなったけれど、身につまされるのがさきにたって、声にはならなかった。とうとうこの学校は入学式にも卒業式にも出ないでおしだされることとなってしまったが、何の感銘もない。酒、歌、煙草、また女。外に学びしこともなしとしておくか……

朝早く女が会社へ出勤のため大きな腹をものともせずに家を出ていく。センベイぶとんから這いだして台所で顔を洗い、コッペパンのひからびたのを立ったままで口へおしこみ、一つきりの机に心斎橋の洋装店のマダムからもらってきた『ヴォーグ』をひろげ、辞書を片手にフランス語を訳しにかかる。マダムは飜訳料をポケット・マネーで払ってくれるのだが、飜訳はできても何が書いてあるのか、ほとんどわからない。フランス語を日本語になおすことはできるけれど意味がよくわからないのである。凝りに凝った、思わせぶりの、佯《いつ》わりの詩美で女の気まぐれをくすぐるファッション語らしいので、飛躍と飛躍のあいだに何が省略されているのか、察しようがないのである。しかし、こんな半端仕事でもあるうちは気がまぎらせるので一息つけるが、することが何もないと朝から鬼火のようなこころを直視して毛ばだった古畳に寝ころがっているしかないので、胸苦しさばかりが迫ってくる。仕事がない、金がない、定職がない、将来がないの、ないないづくしからくる胸苦しさと、完全にうつろな自由からくる恐怖と、二つがからみあってこみあげてくる。非定形の焦躁が青い、小さな、しぶとい火でじわじわとあぶりたてにかかり、机と洗面器しかない、老人の口のようにがらんどうのあばら屋のなかでどうしていいかわからなくなる。数少い友人の家を訪ね歩いて時間を殺すという手段もあるように思えるが、けちくさい狷介と人間嫌いがトゲのように刺さって立ちあがることを何となくさまたげてしまう。本を返しにいくことを口実にして谷沢永一宅へ出かければいいが、こんな時間には大学へいってるだろうし、それに彼はこのところ向井敏が崩壊してジャンジャン横丁のマージャン屋に惑溺し、ヒロポンをうったり、ヤクザに服をむしりとられたりしているのを救済することにいそがしくて、いくら気立ての優しい、あたたかい、義理固い男だといってもルンペンのじめじめしたたわごとに耳を傾けていられようはずがあるまい。しかし、じっと寝ころんだままで、ただけだるく、ものうく、眼をまばたくだけでいると、古畳からのカビが体に這いあがって無数の蒼白い菌糸でがんじがらめにされてしまいそうである。手も足も外部からけじめがつかないばかりに柔らかく厚くしぶとくカビに蔽われ、やがて少しずつ液を流出して古畳にとけていきそうに感じられてくる。眼には見えないけれどもうすでにそれは開始されているのではあるまいかと思えたりもする。けだるさ、ものうさ、崩壊と溶解の感覚はついこないだまで濃密に背にしがみついていたので、けっして新顔ではないけれど、あの頃は良心なき正直者が未知を求めて灼熱でいきりたちつづけていたので、どうにかこうにかうっちゃることができた。しかし、同棲が習慣になってしまうと、正直者は想像力を殺され、消毒薬をかけられたみたいにおとなしくなり、かわって倦怠がひっそりと、しかし冷酷に、正面に、その、顔のない顔を見せるようになったのだった。

うろうろと青い、小さな火にあぶられるまま家を出てみるが、さて、どこへいってていいのかわからない。戸をあけて一歩踏みだし、一本きりの鍵で錠をかけているあいだは、目的のある人のようなこころになれるし、手つきになれる。しかし、錠をかけおわって歩きにかかると、霧散してしまう。麦畑と麦畑のあいだの長い野道を駅まで歩いていくときは青い火と競走しあうような足どりだが、駅で電車を待つあいだはせかせかと歩きまわらずにはいられない。電車に乗りこんで天王寺駅につくまでのあいだ、そのあいだだけはどうじたばたしてもはじまらないので奇妙な安堵がしのびよってきて、ホッとする。しかし、天王寺駅について他の乗客といっしょに車外へ吐きだされてみると、ふたたびどうしようもなくなって非定形になり、青い火がつく。地下鉄に乗って難波でおりてみたり、梅田でおりてみたりする。難波でおりたら千日前や道頓堀を映画館の看板を眺めて何周となくぐるぐるぐる歩きまわったり、古本屋に入りこんで立読みしたりしてから、ぶらぶらと御堂筋を梅田まで歩く。梅田で地下鉄をおりたら阪急デパート界隈の映画館の看板を見て歩いたり、古本屋で立読みにふけったりし、御堂筋を難波まで歩く。なるだけゆっくりと、のろのろと歩くようにつとめるけれど、無残なまでに夕方までの時間が余るので、あちらこちらのデパートの屋上にあがって、けばけばしいけれど荒涼とした安物のガーデン風景を眺め、わびしさに骨を嚙まれつつ、子供がはしゃいだり、老人がうつけて日向ぼっこしたりしているのを眺める。英語会話学校がはじまるのは夕方もとっぷりになってからなので、若すぎるルンペンは倦怠と焦躁でくたくたになる。しかし、いつまでもベンチにもたれていることもできないので、突然、意を決したか、目的ある人のそぶりをよそおって立上り、何十とかぞえきれないデパートの階段を一段ずつおりていく。ふたたび御堂筋を難波に向ってか、梅田に向ってか、のろのろよろよろと、歩いていく。夕方になってからビルの地下の会話教室にたどりついたときにはチューインガムのかすのようになっていて、全身の疲労で足がふるえ、口もろくろくきけなくなっている。

　学校を老教授のおかしな友情で卒業したのは十二月だが、子供が生まれたのはその前年、大学三年生の七月である。病院で帝王切開をうけて生まれたのだったが、予定よりちょっと早かったので、不意をうたれて狼狽させられた。この女と出会ってからは何かにつけ狼狽の連続ばかりであったような気がするが、さしあたってのところ、これが止めの一撃であった。あばら屋から這いだして天王寺駅でおり、近鉄デパートの地下の台所用品売場へいって、女が陣痛の予兆をこらえこらえして書いたメモをたよりにして、大バケツを買い、つぎに石鹼、タオル、歯ブラシ、歯磨き、手拭い大小、櫛、手鏡、コールド・クリーム、口紅、その他、その他、あちらへ走り、こちらへ走りして買いこみ、すべてをバケツにつめこむと、かなりの重さになった。それをぶらさげて手を持ちかえ持ちかえしながら七月の白暑の躍る天王寺駅界隈の人ごみをぬけ、商店街の人ごみに入り、人とぶつかるたびによろよろしながら坂を下り、坂を上って、四天王寺前の病院にたどりついた。女の病室に荷物をおいて、看護婦に案内されるままに、手術室へいく。手術室は壁も床もタイル張りであったような気がするが、床はひょっとしたらコンクリ張りであったかもしれない。水でびしゃびしゃ濡れたそこを執刀医の若い医者が木のサンダルをつっかけて歩きまわり、よごれた、よれよれの白衣のポケットに両手をつっこんで何かいったが、うわずった耳には聞きとれなかった。部屋のすみっこのアルミの金ダライにおそらく胎盤だろうと思われる鮮血にまみれた、大きな塊りが何かの生物《いきもの》のようにうずくまっていた。その血まみれの形相を一瞥するなり、物凄さに圧倒されて、茫然となってしまった。

女は手術台に寝ていたが、顔からことごとく血のいろが消え、唇も乾いて皺が寄っている。麻酔からさめたばかりのところであるらしかったが、半眼のまま、

「ああ、えらい、えらい。もう二度とごめんや。この子は大事にせんとあかん。サーカス団にとられてお酢呑まされるようなこと、させへん」

うわごとだろうとは思うけれど、日頃、何かといえばマラルメだ、ロートレアモンだと力むインテリ女の言動とはひどくちぐはぐなことを口走った。

看護婦長らしい、強健そのものの肩と腕を持つおばさんが赤ン坊を抱いてあらわれ、しきりに名を呼びたてるので、寄っていくと、お父さん、お父さんと呼びたてる。そこではじめて学生服を着ていることに気がつき、吹きだしてくる汗をこらえこらえ、あのォ、その、ぼくが、その、父親でと、消えそうな小声でいうと、婦長はちらと一瞥し、腕のなかの赤ン坊を見せて、女の子、女の子、そうらソラと、歌うようにいった。そのそぶりには百戦錬磨のそそりたつような女の威厳があった。恐る恐るその腕のなかを覗きこむと、白衣に包まれた皺だらけの赤いお猿の子が気むずかしそうに眼を閉じて息づいているのだった。汗の走る眼にはこれらすべての光景は一瞥でしか見えないが、手術室を出ようとしたときに、ふと気配を感じてふりかえると、詰所の小部屋に若い看護婦

たちがひしめきあい、いっせいにこちらを見て笑っているのだった。

一瞥でカッとなり、階段をころげ落ちるようにして二段跳びにかけおり、歩道へとびだした。坂を下り、坂を上り、七月の白熱のさなかの人ごみをかきわけかきわけして歩いていくと、今後はもう夫として父としてふるまうしかないのだという観念があらわれ、どうしようもなく、薄暗い脳のなかにクモのようにすわりこんでしまった。同時にこれまでのたったひとつの夢らしきものであった〝国外逃亡〟もまた霧散してしまったことを痛覚させられた。人生はまたしても精妙に嫉妬深くて、何かを手に入れたと思ったつぎの瞬間に何かを奪ってしまったのだった。

商店街ではラウドスピーカーで若い女が古風で甘ったるい声の歌を流していたが、腑抜けのようになってふらふらよろよろ歩いていく耳にもそれだけは、一語一語、痛烈正確にひびいた。どうやら今日は七月十四日、パリ祭の日である。

パリの
屋根の下に住みて
楽しかりし
昔

…………

……

〔編集付記〕

本書を編集するにあたっては、『開高健全集』(全二十二巻、新潮社、一九九一―九三年)の第八巻を底本とし、ふりがなを適宜追加した。

(岩波文庫編集部)

破《やぶ》れた繭《まゆ》 耳《みみ》の物語《ものがたり》 1

2019年4月16日　第1刷発行

作　者　開《かい》高《こう》 健《たけし》

発行者　岡本 厚

発行所　株式会社 岩波書店
〒101-8002 東京都千代田区一ツ橋 2-5-5

案内 03-5210-4000　営業部 03-5210-4111
文庫編集部 03-5210-4051
https://www.iwanami.co.jp/

印刷・理想社　カバー・精興社　製本・中永製本

ISBN 978-4-00-312212-9　Printed in Japan

読書子に寄す

――岩波文庫発刊に際して――

岩波茂雄

真理は万人によって求められることを自ら欲し、芸術は万人によって愛されることを自ら望む。かつては民を愚昧ならしめるために学芸が最も狭き堂宇に閉鎖されたことがあった。今や知識と美とを特権階級の独占より奪い返すことはつねに進取的なる民衆の切実なる要求である。岩波文庫はこの要求に応じそれに励まされて生まれた。それは生命ある不朽の書を少数者の書斎と研究室とより解放して街頭にくまなく立たしめ民衆に伍せしめるであろう。近時大量生産予約出版の流行を見る。その広告宣伝の狂態はしばらくおくも、後代にのこすと誇称する全集がその編集に万全の用意をなしたるか。千古の典籍の翻訳企図に敬虔の態度を欠かざりしか。さらに分売を許さず読者を繋縛して数十冊を強うるがごとき、はたしてその揚言する学芸解放のゆえんなりや。吾人は天下の名士の声に和してこれを推挙するに躊躇するものである。このときにあたって、岩波書店は自己の責務のいよいよ重大なるを思い、従来の方針の徹底を期するため、すでに十数年以前より志して来た計画を慎重審議この際断然実行することにした。吾人は範をかのレクラム文庫にとり、古今東西にわたって文芸・哲学・社会科学・自然科学等種類のいかんを問わず、いやしくも万人の必読すべき真に古典的価値ある書をきわめて簡易なる形式において逐次刊行し、あらゆる人間に須要なる生活向上の資料、生活批判の原理を提供せんと欲する。この文庫は予約出版の方法を排したるがゆえに、読者は自己の欲する時に自己の欲する書物を各個に自由に選択することができる。携帯に便にして価格の低きを最主とするがゆえに、外観を顧みざるも内容に至っては厳選最も力を尽くし、従来の岩波出版物の特色をますます発揮せしめようとする。この計画たるや世間の一時の投機的なるものと異なり、永遠の事業として吾人は微力を傾倒し、あらゆる犠牲を忍んで今後永久に継続発展せしめ、もって文庫の使命を遺憾なく果たさしめることを期する。芸術を愛し知識を求むる士の自ら進んでこの挙に参加し、希望と忠言とを寄せられることは吾人の熱望するところである。その性質上経済的には最も困難多きこの事業にあえて当たらんとする吾人の志を諒として、その達成のため世の読書子とのうるわしき共同を期待する。

昭和二年七月

《日本文学(現代)》〔緑〕

怪談 牡丹燈籠	三遊亭円朝
真景累ヶ淵	三遊亭円朝
塩原多助一代記	三遊亭円朝
小説神髄	坪内逍遥
当世書生気質	坪内逍遥
役の行者	坪内逍遥
桐一葉・沓手鳥孤城落月	坪内逍遥
ウィタ・セクスアリス	森鷗外
青年	森鷗外
雁	森鷗外
山椒大夫・高瀬舟 他四篇	森鷗外
渋江抽斎	森鷗外
舞姫・うたかたの記 他三篇	森鷗外
ファウスト 全二冊	森林太郎訳
みれん	シュニッツラー 森鷗外訳
うた日記	森鷗外
森鷗外 椋鳥通信 全三冊	池内紀編注
浮雲	二葉亭四迷 十川信介校注
平凡 他六篇	二葉亭四迷
其面影	二葉亭四迷
今戸心中 他二篇	広津柳浪
河内屋・黒蜴蜓 他一篇	広津柳浪
野菊の墓 他四篇	伊藤左千夫
漱石文芸論集	磯田光一編
吾輩は猫である	夏目漱石
坊っちゃん	夏目漱石
草枕	夏目漱石
虞美人草	夏目漱石
三四郎	夏目漱石
それから	夏目漱石
門	夏目漱石
彼岸過迄	夏目漱石
行人	夏目漱石
こころ	夏目漱石
硝子戸の中	夏目漱石
道草	夏目漱石
明暗	夏目漱石
思い出す事など 他七篇	夏目漱石
文学評論 全二冊	夏目漱石
夢十夜 他二篇	夏目漱石
漱石文明論集	三好行雄編
倫敦塔・幻影の盾 他五篇	夏目漱石
漱石日記	平岡敏夫編
漱石書簡集	三好行雄編
漱石俳句集	坪内稔典編
漱石・子規往復書簡集	和田茂樹編
文学論 全二冊	夏目漱石
坑夫	夏目漱石
漱石紀行文集	藤井淑禎編
二百十日・野分	夏目漱石

五重塔	幸田露伴
運命 他一篇	幸田露伴
努力論	幸田露伴
幻談・観画談 他三篇	幸田露伴
連環記 他一篇	幸田露伴
天うつ浪 全二冊	幸田露伴
子規句集	高浜虚子選
病牀六尺	正岡子規
子規歌集	土屋文明編
墨汁一滴	正岡子規
仰臥漫録	正岡子規
歌よみに与ふる書	正岡子規
俳諧大要	正岡子規
獺祭書屋俳話・芭蕉雑談	正岡子規
金色夜叉 全二冊	尾崎紅葉
三人妻	尾崎紅葉
不如帰	徳冨蘆花
謀叛論 他六篇 日記	徳冨健次郎 中野好夫編
北村透谷選集	北村透谷 勝本清一郎校訂
武蔵野	国木田独歩
愛弟通信	国木田独歩
蒲団・一兵卒	田山花袋
田舎教師	田山花袋
東京の三十年	田山花袋
藤村詩抄	島崎藤村自選
破戒	島崎藤村
春	島崎藤村
千曲川のスケッチ	島崎藤村
桜の実の熟する時	島崎藤村
新生 全二冊	島崎藤村
夜明け前 全四冊	島崎藤村
藤村文明論集	十川信介編
藤村随筆集	十川信介編
にごりえ・たけくらべ	樋口一葉
大つごもり・十三夜 他五篇	樋口一葉
高野聖・眉かくしの霊	泉鏡花
歌行燈	泉鏡花
夜叉ケ池・天守物語	泉鏡花
草迷宮	泉鏡花
春昼・春昼後刻	泉鏡花
鏡花短篇集	川村二郎編
日本橋	泉鏡花
婦系図 全二冊	泉鏡花
外科室・海城発電 他五篇	泉鏡花
鏡花随筆集	吉田昌志編
化鳥・三尺角 他六篇	泉鏡花
鏡花紀行文集	田中励儀編
俳諧師・続俳諧師	高浜虚子
泣菫詩抄	薄田泣菫
有明詩抄	蒲原有明
上田敏全訳詩集	山内義雄 矢野峰人編

赤彦歌集　斎藤茂吉・久保田不二子選
宣言　有島武郎
小さき者へ・生れ出ずる悩み　有島武郎
一房の葡萄 他四篇　有島武郎
寺田寅彦随筆集 全五冊　小宮豊隆編
柿の種　寺田寅彦
与謝野晶子歌集　与謝野晶子自選
入江のほとり 他一篇　正宗白鳥
つゆのあとさき　永井荷風
濹東綺譚　永井荷風
荷風随筆集 全二冊　野口冨士男編
摘録 断腸亭日乗 全二冊　永井荷風・磯田光一編
すみだ川・新橋夜話 他一篇　永井荷風
あめりか物語　永井荷風
ふらんす物語　永井荷風
煤煙　森田草平
斎藤茂吉歌集　山口茂吉・柴生田稔・佐藤佐太郎編

桑の実　鈴木三重吉
小鳥の巣　鈴木三重吉
千鳥 他四篇　鈴木三重吉
小僧の神様 他十篇　志賀直哉
万暦赤絵 他二十二篇　志賀直哉
暗夜行路 全二冊　志賀直哉
志賀直哉随筆集　高橋英夫編
高村光太郎詩集　高村光太郎
白秋愛唱歌集　藤田圭雄編
北原白秋歌集　高野公彦編
北原白秋詩集 全二冊　安藤元雄編
フレップ・トリップ　北原白秋
大石良雄・笛　野上弥生子
野上弥生子随筆集　竹西寛子編
お目出たき人・世間知らず　武者小路実篤
友情　武者小路実篤
釈迦　武者小路実篤

銀の匙　中勘助
犬 他一篇　中勘助
中勘助詩集　谷川俊太郎編
若山牧水歌集　伊藤一彦編
新編 みなかみ紀行　若山牧水・池内紀編
木下杢太郎詩集　河盛好蔵選
新編 百花譜百選　木下杢太郎画・前川誠郎編
新編 啄木歌集　久保田正文編
ISIKAWA TAKUBOKU ROMAZI NIKKI (啄木・ローマ字日記)　石川啄木・桑原武夫編訳
時代閉塞の現状・食うべき詩 他十篇　石川啄木
蓼喰う虫　谷崎潤一郎・小出楢重画
春琴抄・盲目物語　谷崎潤一郎
吉野葛・蘆刈　谷崎潤一郎
卍(まんじ)　谷崎潤一郎
幼少時代　谷崎潤一郎
谷崎潤一郎随筆集　篠田一士編
多情仏心 全二冊　里見弴

文章の話	里見弴
今年竹 全二冊	里見弴
萩原朔太郎詩集	三好達治選
郷愁の詩人 与謝蕪村	萩原朔太郎
猫町 他十七篇	萩原朔太郎 清岡卓行編
恩讐の彼方に・忠直卿行状記 他八篇	菊池寛
父帰る・藤十郎の恋 菊池寛戯曲集	石割透編
春泥・花冷え	久保田万太郎
室生犀星詩集	室生犀星自選
或る少女の死まで 他二篇	室生犀星
犀星王朝小品集	室生犀星
出家とその弟子	倉田百三
愛と認識との出発	倉田百三
神経病時代・若き日	広津和郎
羅生門・鼻・芋粥・偸盗	芥川竜之介
地獄変・邪宗門・好色・藪の中 他七篇	芥川竜之介
河童 他二篇	芥川竜之介

歯車 他二篇	芥川竜之介
蜘蛛の糸・杜子春・トロッコ 他十七篇	芥川竜之介
大導寺信輔の半生・手巾・湖南の扇 他十二篇	芥川竜之介
或日の大石内蔵之助・枯野抄 他十二篇	芥川竜之介
侏儒の言葉・文芸的な、余りに文芸的な	芥川竜之介
芥川竜之介書簡集	石割透編
芥川竜之介随筆集	石割透編
蜜柑・尾生の信 他十八篇	芥川竜之介
年末の一日・浅草公園 他十七篇	芥川竜之介
芥川竜之介紀行文集	山田俊治編
田園の憂鬱	佐藤春夫
都会の憂鬱	佐藤春夫
厭世家の誕生日 他六篇	佐藤春夫
日輪・春は馬車に乗って 他八篇	横光利一
上海	横光利一
旅愁 全二冊	横光利一
宮沢賢治詩集	谷川徹三編

童話集 風の又三郎 他十八篇	宮沢賢治 谷川徹三編
童話集 銀河鉄道の夜 他十四篇	宮沢賢治 谷川徹三編
山椒魚・遙拝隊長 他七篇	井伏鱒二
伊豆の踊子・温泉宿 他四篇	川端康成
雪国	川端康成
川端康成随筆集	川西政明編
詩を読む人のために	三好達治
藝術に関する走り書的覚え書	中野重治
梨の花	中野重治
社会百面相 全二冊	内田魯庵
檸檬《レモン》・冬の日 他九篇	梶井基次郎
蟹工船 一九二八・三・一五	小林多喜二
防雪林・不在地主	小林多喜二
独房・党生活者	小林多喜二
風立ちぬ・美しい村	堀辰雄
菜穂子 他五篇	堀辰雄
富嶽百景・走れメロス 他八篇	太宰治

斜陽 他一篇	太宰治
人間失格 グッド・バイ 他一篇	太宰治
津軽	太宰治
お伽草紙・新釈諸国噺	太宰治
真空地帯	野間宏
日本唱歌集	堀内敬三 井上武士 編
日本童謡集	与田凖一 編
近代日本人の発想の諸形式 他四篇	伊藤整
小説の方法	伊藤整
小説の認識	伊藤整
中原中也詩集	大岡昇平 編
ランボオ詩集	中原中也 訳
小熊秀雄詩集	岩田宏 編
風浪・蛙昇天 —木下順二戯曲選I	木下順二
玄朴と長英 他三篇	真山青果
随筆滝沢馬琴	真山青果
新編 近代美人伝 全二冊	長谷川時雨 杉本苑子 編

みそっかす	幸田文
土屋文明歌集	土屋文明 自選
古句を観る	柴田宵曲
俳諧随筆 蕉門の人々	柴田宵曲
評伝 正岡子規	柴田宵曲
新編 俳諧博物誌	柴田宵曲 小出昌洋 編
随筆集 団扇の画	柴田宵曲 小出昌洋 編
子規居士の周囲	柴田宵曲
小説集 夏の花	原民喜
原民喜全詩集	
いちご姫・蝴蝶 他二篇	山田美妙 十川信介 校訂
貝殻追放抄	水上滝太郎
銀座復興 他三篇	水上滝太郎
鏑木清方随筆集 東京の四季	山田肇 編
柳橋新誌	成島柳北 塩田良平 校訂
島村抱月文芸評論集	島村抱月
石橋忍月評論集	石橋忍月

立原道造・堀辰雄翻訳集 —林檎みのる頃・窓	
野火/ハムレット日記	大岡昇平
中谷宇吉郎随筆集	樋口敬二 編
雪	中谷宇吉郎
冥途・旅順入城式	内田百閒
東京日記 他六篇	内田百閒
佐藤佐太郎歌集	佐藤志満 編
西脇順三郎詩集	那珂太郎 編
草野心平詩集	入沢康夫 編
山岳紀行文集 日本アルプス	小島烏水 近藤信行 編
雪中梅	末広鉄腸 小林智賀平 校訂
宮柊二歌集	宮英子 高野公彦 編
山の絵本	尾崎喜八
日本児童文学名作集 全二冊	桑原三郎 千葉俊二 編
山月記・李陵 他九篇	中島敦
眼中の人	小島政二郎
新選 山のパンセ	串田孫一 自選

小川未明童話集	桑原三郎編
新美南吉童話集	千葉俊二編
岸田劉生随筆集	酒井忠康編
摘録 劉生日記	岸田劉生 酒井忠康編
量子力学と私	朝永振一郎 江沢洋編
科学者の自由な楽園	朝永振一郎 江沢洋編
書物	森銑三 柴田宵曲
新編 明治人物夜話	森銑三 小出昌洋編
自註鹿鳴集	会津八一
窪田空穂随筆集	大岡信編
わが文学体験	窪田空穂
窪田空穂歌集	大岡信編
明治文学回想集 全二冊	十川信介編
梵雲庵雑話	淡島寒月
森鷗外の系族	小金井喜美子
新編 学問の曲り角	河野与一 原二郎編
子規を語る	河東碧梧桐
碧梧桐俳句集	栗田靖編
新編 春の海 ―宮城道雄随筆集	千葉潤之介編
林芙美子紀行集 下駄で歩いた巴里	立松和平編
放浪記	林芙美子
山の旅 全二冊	近藤信行編
日本近代文学評論選 全二冊	千葉俊二 坪内祐三編
観劇偶評	三木竹二 渡辺保編
食道楽 全二冊	村井弦斎
酒道楽	村井弦斎
文楽の研究 全二冊	三宅周太郎
五足の靴	五人づれ
尾崎放哉句集	池内紀編
リルケ詩抄	茅野蕭々訳
ぷえるとりこ日記	有吉佐和子
日本の島々、昔と今。	有吉佐和子
江戸川乱歩短篇集	千葉俊二編
怪人二十面相・青銅の魔人	江戸川乱歩
少年探偵団・超人ニコラ	江戸川乱歩
江戸川乱歩作品集 全三冊	浜田雄介編
堕落論・日本文化私観 他二十二篇	坂口安吾
桜の森の満開の下・白痴 他十二篇	坂口安吾
風と光と二十の私と・いずこへ 他十六篇	坂口安吾
久生十蘭短篇選	川崎賢子編
墓地展望亭・ハムレット 他六篇	久生十蘭
六白金星・可能性の文学 他十一篇	織田作之助
夫婦善哉 正続 他十二篇	織田作之助
わが町・青春の逆説	織田作之助
歌の話・歌の円寂する時 他一篇	折口信夫
死者の書・口ぶえ	折口信夫
釈迢空歌集	折口信夫 富岡多惠子編
折口信夫古典詩歌論集	藤井貞和編
汗血千里の駒 坂本龍馬君之伝	坂崎紫瀾 林原純生校注
山川登美子歌集	今野寿美編
日本近代短篇小説選 全六冊	紅野敏郎・紅野謙介・千葉俊二・宗像和重・山田俊治編

自選 谷川俊太郎詩集

訳詩集 月下の一群　堀口大學訳

訳詩集 白孔雀　西條八十訳

茨木のり子詩集　谷川俊太郎選

第七官界彷徨・琉璃玉の耳輪 他四篇　尾崎翠

大江健三郎自選短篇

M／Tと森のフシギの物語　大江健三郎

辻征夫詩集　谷川俊太郎編

明治詩話　木下彪

石垣りん詩集　伊藤比呂美編

漱石追想　十川信介編

芥川追想　石割透編

自選 大岡信詩集

うたげと孤心　大岡信

日本の詩歌 その骨組みと素肌　大岡信

日本近代随筆選 全三冊　千葉俊二・長谷川郁夫・宗像和重編

尾崎士郎短篇集　紅野謙介編

山之口貘詩集　高良勉編

原爆詩集　峠三吉

近代はやり唄集　倉田喜弘編

竹久夢二詩画集　石川桂子編

まど・みちお詩集　谷川俊太郎編

《日本文学(古典)》〔黄〕

古事記　倉野憲司校注
記紀歌謡集　武田祐吉校註
日本書紀 全五冊　坂本太郎・家永三郎・井上光貞・大野晋校注
万葉集 全五冊　佐竹昭広・山田英雄・工藤力男・大谷雅夫・山崎福之校注
原文 万葉集 全二冊　佐竹昭広・山田英雄・工藤力男・大谷雅夫・山崎福之校注
竹取物語　阪倉篤義校訂
伊勢物語　大津有一校注
玉造小町子壮衰書 ―小野小町物語　杤尾武校注
古今和歌集　佐伯梅友校注
土左日記　紀貫之　鈴木知太郎校注
蜻蛉日記　今西祐一郎校注
源氏物語 全九冊(既刊二冊)　柳井滋・室伏信助・大朝雄二・鈴木日出男・藤井貞和・今西祐一郎校注
枕草子　池田亀鑑校訂
和泉式部日記　清水文雄校注
和泉式部集・和泉式部続集　清水文雄校注
更級日記　西下経一校注

今昔物語集 全四冊　池上洵一編
三条西家本 栄花物語 全三冊　三条西公正校訂
堤中納言物語　大槻修校注
新訂 梁塵秘抄　後白河院撰　佐佐木信綱校訂
西行全歌集　久保田淳・吉野朋美校注
梅沢本 古本説話集　川口久雄校訂
後撰和歌集　松田武夫校訂
古語拾遺　斎部広成撰　西宮一民校注
王朝漢詩選　小島憲之編
王朝物語秀歌選 全二冊　樋口芳麻呂校注
落窪物語　藤井貞和校注
新訂 方丈記　市古貞次校注
新訂 新古今和歌集　佐佐木信綱校訂
金槐和歌集　源実朝　斎藤茂吉校訂
新訂 徒然草　西尾実・安良岡康作校注
平家物語 全四冊　梶原正昭・山下宏明校注
水鏡　和田英松校訂

神皇正統記　北畠親房　岩佐正校注
吾妻鏡 全八冊　竜粛訳注
宗長日記　島津忠夫校注
御伽草子 全二冊　市古貞次校注
王朝秀歌選　樋口芳麻呂校注
わらんべ草　大蔵虎明　笹野堅校訂
千載和歌集　久保田淳校注　藤原俊成撰
謡曲選集 読む能の本　野上豊一郎編
東関紀行・海道記　玉井幸助校訂
おもろさうし　外間守善校注
太平記 全六冊　兵藤裕己校注
好色五人女　井原西鶴　東明雅校註
日本永代蔵　井原西鶴　東明雅校訂
武道伝来記　井原西鶴　横山重・前田金五郎校注
芭蕉紀行文集 付 嵯峨日記　中村俊定校注
芭蕉 おくのほそ道 付 曾良旅日記・奥細道菅菰抄　萩原恭男校注
芭蕉俳句集　中村俊定校注

芭蕉文集　潁原退蔵編註
芭蕉俳文集　全二冊　堀切実編注
芭蕉自筆 奥の細道　上野洋三・櫻井武次郎校注
蕪村俳句集　付 春風馬堤曲 他二篇　尾形仂校注
蕪村書簡集　大谷篤蔵・藤田真一校注
蕪村七部集　伊藤松宇校訂
蕪村文集　藤田真一編注
曾根崎心中・冥途の飛脚　他五篇　近松門左衛門　祐田善雄校注
国性爺合戦・鑓の権三重帷子　近松門左衛門　和田万吉校訂
東海道四谷怪談　鶴屋南北　河竹繁俊校訂
鶉衣　全二冊　横井也有　堀切実校注
近世畸人伝　伴蒿蹊　森銑三校註
玉くしげ・秘本玉くしげ　本居宣長　村岡典嗣校訂
雨月物語　上田秋成　長島弘明校注
新訂 一茶俳句集　丸山一彦校注
増補 俳諧歳時記栞草　全二冊　曲亭馬琴編　藍亭青藍補　堀切実校注
近世物之本江戸作者部類　曲亭馬琴　徳田武校注

北越雪譜　鈴木牧之編撰　京山人百樹刪定　岡田武松校訂
東海道中膝栗毛　全二冊　十返舎一九　麻生磯次校注
浮世床　式亭三馬　和田万吉校訂
日本外史　全三冊　頼山陽　頼成一・頼惟勤訳
百人一首一夕話　全二冊　尾崎雅嘉　古川久校訂
わらべうた　—日本の伝承童謡　町田嘉章・浅野建二編
誹諧 武玉川　全四冊　山澤英雄校訂
雑兵物語・おあむ物語　附 おきく物語　中村通夫・湯沢幸吉郎校訂
芭蕉臨終記 花屋日記　付 芭蕉翁終焉記・前後日記・行状記　小宮豊隆校訂
俳家奇人談・続俳家奇人談　竹内玄玄一　雲英末雄校注
砂払　—江戸小百科　全二冊　山中共古　中野三敏校訂
与話情浮名横櫛　切られ与三　瀬川如皐　河竹繁俊校訂
江戸怪談集　全三冊　高田衛編・校注
蕉門名家句選　全二冊　堀切実編注
耳嚢　全三冊　根岸鎮衛　長谷川強校注
色道諸分 難波鉦　—遊女評判記　酉水庵無底居士　中野三敏校注
弁天小僧・鳩の平右衛門　黙阿弥　河竹繁俊校訂

実録先代萩　黙阿弥　河竹繁俊校訂
橘曙覧全歌集　水島直文・橋本政宣編注
嬉遊笑覧　全五冊　喜多村筠庭　長谷川強・江本裕・渡辺守邦・岡雅彦・花田富二夫・石川了校訂
井月句集　復本一郎編
江戸端唄集　倉田喜弘編

《日本思想》〔青〕

風姿花伝　(花伝書)　世阿弥　野上豊一郎・西尾実校訂
世阿弥 申楽談儀　表章校註
五輪書　宮本武蔵　渡辺一郎校注
政談　荻生徂徠　辻達也校注
葉隠　全三冊　山本常朝　和辻哲郎・古川哲史校訂
童子問　伊藤仁斎　清水茂校注
養生訓・和俗童子訓　貝原益軒　石川謙校訂
貝原益軒 大和俗訓　石川謙校訂
都鄙問答　石田梅岩　足立栗園校訂
町人嚢・百姓嚢・長崎夜話草　西川如見　飯島忠夫・西川忠幸校訂
日本水土考・水土解弁・増補華夷通商考　西川如見　飯島忠夫・西川忠幸校訂

蘭学事始	杉田玄白 緒方富雄校註
吉田松陰書簡集	広瀬豊編
塵劫記	吉田光由 大矢真一校注
兵法家伝書 付 新陰流兵法目録事	柳生宗矩 渡辺一郎校注
南方録	西山松之助校注
人国記・新人国記	浅野建二校注
上宮聖徳法王帝説	東野治之校注
霊の真柱	平田篤胤 子安宣邦校注
世事見聞録	武陽隠士 本庄栄治郎校訂 奈良本辰也補訂
茶湯一会集・閑夜茶話	井伊直弼 戸田勝久校注
新訂 海舟座談	巌本善治編 勝部真長校注
西郷南洲遺訓 附 手抄言志録及遺文	山田済斎編
文明論之概略	福沢諭吉 松沢弘陽校注
新訂 福翁自伝	富田正文校訂
学問のすゝめ	福沢諭吉
日本道徳論	西村茂樹 吉田熊次校
新島襄の手紙	同志社編

新島襄 教育宗教論集	同志社編
近時政論考	陸羯南
日本の下層社会	横山源之助
中江兆民 三酔人経綸問答	桑原武夫 島田虔次 訳・校注
新訂 蹇蹇録 —日清戦争外交秘録	陸奥宗光 中塚明校注
茶の本	岡倉覚三 村岡博訳
新撰讃美歌	植村正久 奥野昌綱 松山高吉 編
武士道	新渡戸稲造 矢内原忠雄訳
余はいかにしてキリスト信徒となりしか	内村鑑三 鈴木範久訳
代表的日本人	内村鑑三 鈴木範久訳
後世への最大遺物・デンマルク国の話	内村鑑三
内村鑑三所感集	鈴木俊郎編
求安録	内村鑑三
宗教座談	内村鑑三
ヨブ記講演	内村鑑三
足利尊氏	山路愛山
豊臣秀吉 全二冊	山路愛山

善の研究	西田幾多郎
西田幾多郎哲学論集 I —場所・私と汝 他六篇	上田閑照編
西田幾多郎哲学論集 II —論理と生命 他四篇	上田閑照編
西田幾多郎哲学論集 III —自覚について 他四篇	上田閑照編
西田幾多郎随筆集	上田閑照編
帝国主義	幸徳秋水 山泉進校注
日本の労働運動	片山潜
明六雑誌 全三冊	山室信一 中野目徹 校注
吉野作造評論集	岡義武編
貧乏物語	河上肇 大内兵衛解題
河上肇 自叙伝 全五冊	杉原四郎 一海知義 編
河上肇評論集	杉原四郎編
中国文明論集	宮崎市定 礪波護編
中国史 全二冊	宮崎市定
大杉栄評論集	飛鳥井雅道編
女工哀史	細井和喜蔵
寒村自伝 全二冊	荒畑寒村

岩波文庫の最新刊

岩波文庫の最新刊

開高 健作
破れた繭 耳の物語1
耳底に刻まれた〈音〉の記憶をたよりに、人生の来し方を一人称〈私〉ぬきの文体で綴る自伝的長篇『耳の物語』二部作の前篇。大学卒業までの青春を描く。
〔緑二二一-二〕 本体六〇〇円

V・S・ナイポール作／小沢自然、小野正嗣訳
ミゲル・ストリート
ストリートに生きるちょっと風変わりな面々の、十七の物語。ポストコロニアル小説の源流に位置するノーベル賞作家ナイポール、実質上のデビュー作。
〔赤八二〇-一〕 本体九二〇円

ライプニッツ著／谷川多佳子、岡部英男訳
モナドロジー 他二篇
単純な実体モナド。その定義から、予定調和の原理、可能世界と最善世界、神と精神の関係に至る、広範な領域を論じたライプニッツの代表作。新訳。
〔青六一六-一〕 本体七八〇円

永井荷風作
浮沈・踊子 他三篇
戦時下に執筆された小説、随想五篇。『浮沈』『踊子』は、時代に抗して生きる若い女性を描く。時代への批判を込めた抵抗の文学。

（解説＝持田叙子） 〔緑四二-一二〕 本体七〇〇円

岡 義武著
転換期の大正
民衆人気に支えられた大隈重信の組閣から、護憲運動後の加藤高明内閣誕生までの一〇年間の政治史。臨場感あふれる資料で包括的に描く。（解説＝五百旗頭薫）
〔青N一二六-三〕 本体一〇七〇円

今月の重版再開

永井荷風作
おかめ笹
本体六〇〇円 〔緑四一-九〕

田部重治著／近藤信行編
新編 山と渓谷
本体七四〇円 〔緑一四二-一〕

ヘーベル作／木下康光編訳
ドイツ炉辺ばなし集
—カレンダーゲシヒテン
本体七二〇円 〔赤四四五-一〕

ベーコン著／服部英次郎・多田英次訳
学問の進歩
本体一〇一〇円 〔青六一七-一〕

定価は表示価格に消費税が加算されます　2019.4